KB135405

비꽃을 보다

도서출판
작가마을

비꽃을 보다

초판인쇄 | 2018년 1월 20일 **초판발행** | 2018년 1월 25일
지은이 | 김덕조 **주간** | 배재경 **펴낸이** | 배재도 **펴낸곳** | 도서출판 작가마을
등록 | 2002년 8월 29일(제 2002-000012호)
주소 | 부산광역시 중구 대청로 141번길 15-1 대륙빌딩 301호
T. 051)248-4145, 2598 F. 051)248-0723 E. seepoet@hanmail.net

국립중앙도서관 출판예정도서목록(CIP)

비꽃을 보다 : 김덕조 수필집 / 지은이: 김덕조. — 부산 : 작가마을, 2018
p. ; cm

ISBN 979-11-5606-097-0 03810 : ₩12000

한국 현대 수필[韓國現代隨筆]
814.7-KDC6
895.745-DDC23 CIP2018001457

본 수필집은 한국예술인복지재단의 창작지원금 사업기금 일부를 지원받았습니다.

비꽃을 보다

김덕조 수필집

■■■ 책을 내면서

말[言]은 누군가에게 상처가 될 수도 있지만, 글로 표현하면 못 할 말이 없다는 것을 알았다. 그래서 나는 수필隨筆의 등뒤로 숨기로 했다. 그런데 수필의 형식에서 글을 쓰다 보니, 합장하듯 나를 반성하고 돌아보는 일이 더 많아졌다. 내가 좋아하는 글쓰기를 하지만, 수필이라는 굴레에 내가 갇혀 있다는 것도 알았다. 하루라도 수필을 생각하지 않은 날이 없었고, 밤중까지 자판을 두드리고 있는 나는 수필의 그물에 갇힌 것이 확실하다.

모아둔 글을 책으로 엮어 낼 기회가 왔다. 주관적이고 소소한 내 생각들이지만, 하나도 버릴 수 없는 소중한 추억이고 기억이기에 다듬는 시간이 좀 오래 걸렸다.

남편이 애써 키운 복숭아를 수확해 온 날, 무더위에 땀 흘린 보람이 한눈에 느껴진다. 약간 못난 복숭아도 잘 생겨 탐스러운 복숭아도 다 담아온 그 마음을 헤아려 본다. 아롱이다롱이라 했던가, 글을 고르는 나도 그런 마음인 것 같다. 책은 언제 내어도 아쉬움이 남는다는 문인들의 말에 용기를 냈다. 내게 글 마당이 주어졌다는 것 또한 고마운 일이다. 덜 숙성된 글을 서둘렀다는 생각에 부끄럽기도 하지만, 가꾸고 다듬은 첫 번째 수필집『비꽃을 보다』발간을 기쁘게 생각한다. 내 글을 읽고 공감해 주는 누군가가 있다면 더 없이 행복하겠다.

글 길을 열어주신 스승님께 깊이 감사드린다.
곁에서 묵묵히 지켜봐 준 가족에게 고맙다는 말 전한다.

2018. 1 김 덕 조

• 차례

2부 꽃도 질투를 한다

3부 나무에 기대어

비꽃을 보다

4부 그 친구

5부 별을 찍다

제1부

사리암에서 비꽃을 보다

10초 동안

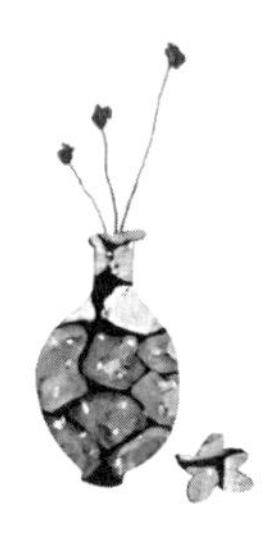

'007영화'는 오래된 영화지만 인터넷 세상에서는 지금도 볼 수 있다.'007'본드와 그의 파트너로 나오는 본드 걸을 보는 재미가 쏠쏠하다. 잘 생긴 미남배우와 사랑에 빠지는 본드 걸을 보며 사람들은 대리만족을 느끼기도 한다. 영화가 아니면 어디서 잘 생긴 배우들의 얼굴을 뚫어져라 볼 수 있을까. 영화라서 가능하다. 내 속마음을 누구에게도 들킬 일 없으니 얼굴 붉어질 만큼 좋아해도 아무도 모른다는 점은 영화를 보는 매력이기도 하다.

007시리즈 중에 기억나는 것은 아슬아슬하고 스릴과 긴장감 넘치는 장면이다. 시계의 초침은 어김없이 재깍거리고 남은 시간은 30초, 끊어진 전선을 연결하고, 결박당한 인질을 구출해서 건물을 빠져나오는 동안이 남은 10초라니…. 가슴을 조이며 바라보는 많은 눈길은 과연 해낼 수 있을까에 머문다. 그러나 영화 속에서는 걱정했던 모든 상황이 종료되고 해피엔딩으로 막을 내린다.

토요일 저녁 어린이들이 부모와 같이 나오는 TV를 보고 있다. 나는 어린애들이 그 부모와 놀이 겸 생활 체험을 하는 프로그램을 자주 보는 편이다. 그 중에 '태호형제'가 나온다. 태호는 네 살, 누나는 다섯 살, 개성이 강한 태호와 누나는 의욕도 강하고 서로에게 지지 않으려는 승부욕도 강하다. 창호지로 문을 바르는 장면인데 딱풀을 칠하다가 누나와 동생이 다툰다. 딱풀 하나를 서로 내가 먼저라고 우기다가 밀치고 당기고 몸싸움을 한다.

태호형제의 아빠는 외모를 보면 외국인이고 말씨와 정서는 한국인이다. 그는 아이들을 달래는 방법도 특이하다. 어떻게 벌을 세우나 보고 있었다. 그런데, 아이들을 나란히 세워 서로 마주보게 한다. 아버지의 경직된 목소리를 듣는 순간 두 아이는 벌써 어떤 벌을 받을 것인지를 알고 있는 듯하다. 행동을 멈추고 자연스레 마주서며 아버지의 지시를 기다린다. 그 벌이 보는 사람을 웃게 한다. 서로를 껴안고 10초를 기다리라고 한다. 하나, 둘, 셋,..,아빠는 일부러 더 늦게 숫자를 세고, 태호는 누나와 꼭 부둥켜안고 있다. 그러다가 동생과 누나는 얼굴을 마주본다. 아버지가 수를 다 세도 둘은 그냥 안고 있다. 태호가 먼저 피식 웃고. 누나도 보시시 웃는다. 가만 보던 나도 손뼉을 치며 웃었다.

아이들은 서로를 안고 있다 보면 자기가 뭘 잘 못해서 벌 받는 줄을 잊어버린다고 한다. 서로의 얼굴을 가까이서 쳐다보며 콧구멍도 보고, 가슴 팔딱이는 숨소리도 들을 것이다. 심장소리를 들으며 누나와 동생은 같은 형제이며 다투면 안 된다는 것을 저절로 알게 된다는 것이다. 아빠의 '끝~~'하는 소리가 들리자 아이들이 환한 본래의 모습으로 제자리에 앉는다. 화해가 이루어지는 순간이다. 벌받은 후에는 동생이 딱풀을 제자리로 갖다놓기를 기다리다가 누나가 들고 가고, 순간적인지는 몰라도 벌의 효과를 보이는 것 같다. 바라보는 아빠는 흐뭇한 표정이 된다. 형제끼리 껴안는 벌칙을 만든 그 아빠의 생각을 높이 평가하고 싶다.

나는 언제 형제자매간에 서로 껴안아 본 적이 있는지 생각해 본다. 반갑다는 표시로 악수를 하던지 어깨를 툭 치면 그만이다. 그러나 정말로 반갑다면 가슴을 밀착하고 심장소리가 들리도록 다가가 껴안아 보아야 할 것 같다.

아프리카의 마사이족은 반가운 사람을 만나면 반갑다는 표시로 상대의 얼굴에 침을 뱉는다고 하고 뉴질랜드의 마오리족은 서로 코를 비빈다고 한다. 우리의 정서상 그건 좀 아니다. 하지만 형제끼리의 반갑다는 표시는 남보다 좀 다르게 표현해야 할 것 같다.

내게는 다정하게 자주 만날 수 있는 이웃한 동생이 있다. 자매가 멀리 있는 사람들이 보면 부러워한다. 모르는 사람은 목소리도 같고 분위기가 똑 같다고 한다. 그러나 자세히 보면 닮은 듯 다르다. 부모 중 아버지와 엄마를 각자 선택해서 태어난 듯 하기 때문이다. 엄마는 키가 크고 미인형인 반면, 아버지는 보통 평범한 모습이다. 엄마를 많이 닮은 언니와 동생은 예쁘다. 반면 아버지를 더 닮은 나는 마음에 차지 않는 구석이 많다. 다섯 살 위의 언니에게 나는 한 번도 '싫어' 라고 반기를 들어 본 적이 없다. 언니는 몸집도 남보다 푸짐하고 부지런하기도 하다. 언니가 부르면 언제라도 버스를 두 번 갈아타고 달려가곤 한다. 언니는 엄마를 대신한다는 아버지의 말씀이 있었으니까! 언니의 말에 토를 단다거나 대꾸를 하는 일은 생각지도 못할 일이다. 동생이 언니에게 대거리를 하는 것은, 형제자매의 정이 무너지는 일이고, 이웃사람이라도 아는 날은 부모의 얼굴에 먹칠을 하는 것이라 배웠기 때문이다.

세월은 많이 달라졌다 지금은 형제도 없는 외톨이가 더 많다.'의좋은 형제'라는 교과서에 나오는 우애설화를 요즘 아이들에게 어떻게 가르치고 있는지 궁금하다. 세상에는 여러 인연이 있지만 피를 나눈 형제보다 귀한 인연은 없을 것이다.

코흘리개 어린 날, 또래와 다투고 있을 때 언니가 내 곁에 서 있기만 해도 어깨에 힘이 들어가고 우쭐했던 기억이 있다. 오랜만에 만나는 형제간에 포옹하는 일은 영 서먹하고 어색할 것이다. 반가움을 표현하는 방법도 훈련된다고 했다. 나는 막내 동생에게 몸무게를 줄이라는 잔소리를 매번 한다. 언니니까 할 수 있는 말이라 여겼는데, 듣는 동생의 입장이 되어보지 못했다. 걱정하는 마음과 사랑하는 마음은 닮은듯 다르다. 동생을 만나면 사랑하는 마음으로 잠깐 동안이라도 꼭 안아보아야겠다.

태호 아빠의 형제끼리 껴안는 그 벌이 새삼 떠오른다.

고등어를 보며

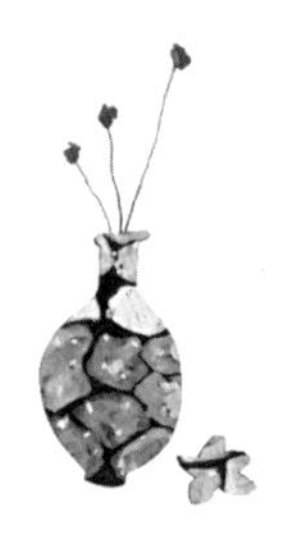

고등어는 서민들의 반찬으로 인기 있는 생선이다. 고등어는 아무리 싱싱하고 때깔 좋아도 차례 상에 올리는 일은 없다. 차례 상에는 비늘 없는 생선은 올리지 않는다고 한다. 바람이 제법 선선한 요즘이면, 나는 싱싱한 고갈비를 생각하며 자갈치시장을 간다. 살이 탱탱한 고등어를 반으로 갈라 갖은 양념을 발라 앞뒤로 돌려가며 구운 고등어구이는 남편이 좋아하는 반찬중 하나다. 소갈비를 맘 놓고 먹을 수 없었던 시절에 생선구이라도 푸짐하게 먹고 싶어 고등어구이를 고갈비라 불렀다는 이야기도 있다. 내가 만든 고등어 양념구이를 맛있게 먹어주는 남편 덕에 나는 고등어를 자주 찾는다.

자갈치시장에 들어서면 상인들의 왁자한 소리에 정신이 번쩍 든다. 생선이 마를까봐 끼얹는 물이 바짓단에 튕길라 긴장하면서 생동감 넘치는 시장에 서면 나도 그들처럼 활기를 느낀다. 좌판에 싱싱하고 물좋은 고등어가 나란히 누워있다. 고등어는 탱탱한 뱃살 때문에 서로 포개지지 않는다. 나란히 누울 수는 있어도 포개려면 미끄러지고 흘러내려 따로따로가 된다. 주인아저씨는 한참을 애써다가 누런 포장지를 쭉 찢어 두 마리 사이에 끼운다. 드디어 세 마리를 포개어 작은 탑을 쌓았다. 늘어놓고 세 마리에 만원 보다 포개놓으니 더 푸짐하게 보인다. 저들이 살았을 적에는 언제 서로에게 밀착하며 기대어 본 적이 있었을까, 마지막 제삼자의 손에 만들어진 거탑이다. 짙고 푸른 고등어의 문신에는 물살에 뒤채인 고통과 그곳의 역사가 그려져 있다. 고등어는 등이 짙푸르며 손끝으로 눌러보아 딴딴한 것이 좋은 것이다. 눈은 맑고 선명해야 하고 아가미는 선홍색을 띤 것이 싱싱하다 할 수 있다.

내가 좋아하는 축구선수 중에 유학파가 있다. 그는 축구를 잘해서 모르는 사람이 없을 듯 한데, 대머리로 한동안 이목을 끌었을 때도 참 색다르다는 느낌이었다. 머리카락은 시간이가면 길어나니까 하고 웃을 수 있었다. 그런데, 어느 날은 팔에 문신을 얼룩처럼 칠하고 뛰고 있는 모습을 보았다. 마치 얼룩말이 뛰는 듯 했다. 유명선수라면 사람들의 관심 속에 노출되어있다 해도 과언이 아닐 텐데, 그들의 취미와 사생활을 관습할 일은 아니지만, 그 선수가 뛰고 있는 내내 검은 팔뚝 문신에서 언뜻언뜻 보이는 아픔과 외로움의 고통이 고등어의 검푸른 등과 오버랩 된다.

농구경기에는 외국인 선수들도 보인다. 그 들은 덤블링을 하듯 높이 뛰어 오르기도 하고, 덩크슛을 하는가 하면 바구니에 매달리며 힘을 과시하기도 한다. 그들의 힘의 원천은 어디인지 궁금하기도 하다. 끝없는 연습과 노력의 결과겠지만, 용수철같이 튀어 오르는 탄탄한 에너지는 검은 피부의 밑바탕에 더 많이 축적되어 있는 것은 아닐까. 검은색은 여러 가지 색을 다 합한 응축된 색이다. 짙은 색에는 강한 힘이 느껴지고 많은 에너지가 함축되어 있을 듯하다.

내가 본 좌판의 고등어는 어느 바다에서 살았을까 배가 날씬한 모양은 일본해의 물결모양이고, 제법 배가 통통하고 굵은 쪽은 동중국해에서 올라온 것이라고 신문에서 보았기에 나는 어디 태생인지 가늠하느라 고개를 갸웃하고 있었다. 가만히 들여다보는 내게 주인아저씨는 큰 놈으로 골라 줄 테니 사라고 권한다. 뜬눈인지 모를 고등어와 눈을 맞추고 내력까지 캐고 있는 속내를 주인아저씨가 먼저 알아챈 듯하다. 내가 산 고등어는 푸른 물결이 진하게 찍혀있고 방금까지 꼬리를 퍼덕인 듯 힘이 있어 보인다. 잠시 한눈을 파는 사이 몸을 뒤틀지 않았을까.

고등어는 전어와 같은 가을생선이라 한다. 생선도 철따라 맛이 다르다. 봄에는 도다리가 제철이고, 가을에는 전어가 확실히 맛있다. 고등어도 가을이면 살이 오르고 맛이 좋은데, 등푸른 생선으로 영양면에서 다른 생선이 따라오지 못할 만큼 몸에 좋은 요소가 많다. DHA는 두뇌를 좋게 하고, 노화를 방지하여 젊어진다고 한다. 우리 엄마의 고등어 요리는 숯불 화덕에서 시작된다. 바비큐 요리를 하듯 냄새가 날아가는 탁 트인 마당에서나 가능한 요리였다. 싱싱한 고등어의 배를 반으로 갈라 화덕에서 왕소금과 함께 지글지글 소리를 내며 구워야 제대로 맛이 난다. 뚝뚝 흐르는 기름에 빨간 불꽃은 놀란 듯 폭 주저앉기도 한다. 엄마가 구워준 고등어구이는 세상에서 제일 맛있었다. 젓가락을 들고 고등어가 구워지기를 기다리던 햇볕 따듯하던 가을 날, 희미하게 바래진 그림처럼 그날의 정경이 눈에 그려진다.

고등어는 푸른 물결 넘실대는 바다가 그립고, 나는 엄마와 같이한 그날이 그립다.

깃발

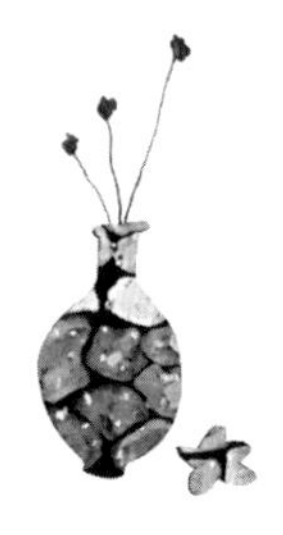

겨울날씨 같잖게 따뜻하다고 입을 모았다. 그런데, 갑자기 날씨가 변덕을 부리더니 서울의 기온이 영하 15도로 떨어졌다. 체감온도는 더 떨어져 영하 20도는 될 것이라 예상한다. 좀처럼 눈도 볼 수 없고 얼음도 얼지 않던 부산 날씨가 몇 해 전부터는 겨울날이 많이 추워졌다. 갑자기 추워지면 사람들은 한껏 웅크리고 무엇에 쫓기듯 발걸음이 빨라지는 것을 볼 수 있다.

뚝 떨어진 기온은 게으름 피우기에 딱 알맞다. 찬거리를 사러 마트 가는 일도 미루고 냉장고를 뒤지게 한다. 갑자기 기온이 이렇게 내려가는 것은 찬바람을 막아주는 바람벽이 무너졌다는 것이다. 기후 온난화는, 추운 곳은 더 춥게, 더운 곳은 더 덥게 하는 이상 현상이라고 한다. 바람벽이란 말은 詩 속에나 있는 줄 알았다. 그렇게 중요한 바람벽은 화석원료 때문이라는데, 빙하가 녹아 일어난 현상이라 는 것이다. 보이지 않는 바람벽이 있다는 것도 놀랍고, 또 무너질 수도 있다는 것도 놀라운 일이다.

사람에게는 사람이 벽이다. 나를 둘러싼 보이지 않는 바람벽, 무너지면 생활의 패턴이 깨어져 버릴 아주 중요한 사람, 남편과 아이들과 일가와 친척과 가족이다. 형제자매와 이웃 친구들. 주위를 둘러보니 내게 바람벽이 되어준 사람들이 너무도 많다는 것에 새삼 놀란다. 아버지는 '자식은 먼 밭에 울이고, 이웃은 내 옆을 지키는 사촌이다'라고 하신 말을 떠올리게 한다. 중요한 것은 꼭 그것을 잃은 후에야 알아낸다는 것이다.

갑자기 매서운 겨울 날씨에 한강도 꽁꽁 얼었다는 기사를 일간지에서 보았다. 가까이에 있는 낙동강도 얼었는지 강물이 궁금했다. 을숙도를 마주하는 하구의 강물은 부지런히 움직여서 일까, 얼음이 끼일 틈을 주지 않았나 보다. 둘레길 전망대 꼭데기에서 윙윙 소리 지르며 존재를 알리는 무엇이 있다. 강변을 많이 걸었어도 평소에는 몰랐다. 가던 걸음을 멈추고 올려다본다. 높은 곳에서 소리 지르지 않아서 여태 거기에 그런 깃발이 꽂혀 있었다는 것도 처음 보았다.

바람이 얼마나 드센지 씽 소리만 들리고 그 속에 무엇을 알리는 깃발인지 알 수가 없다. 한참을 기다려도 깃발은 펼쳐 보이지 못한다.

일전에 TV화면에서 보았다. 공장의 높은 굴뚝 위에서 시위하는 사람들이 비춰졌다. 대모를 해도 참 무섭게 한다고 생각했다. 굴뚝의 맨 꼭데기는 올려만 보아도 현기증이 인다. 공장 굴뚝이라면 제일 높은 곳에서 하늘을 향해 뿜어내는 매연이거나 공기중에 섞이면 안 되는 유해물질일 것이다. 사용자의 숨기고 싶은 마지막 치부같은 곳, 그 곳을 시위자들은 깃대로 삼았다, 보는 사람들은 가슴을 졸이며 강한 바람이라도 불면 어쩌나 해서 불안했다. 잠잠하지만 펄럭이지 않고, 조용하지만 강력한 깃발이 되고 있다. 높은 곳에서 소리치지 않아도 다급함이 보이는 시위다. 위험한 일인 줄 누구보다도 잘 아는 그들이 하고 싶은 말은, 좀 들어달라는 몸짓이다. 우리는 이렇게 외치고 있다며 관심 좀 가져 달라는 행위다. 잘못 한발이라도 헛디디면 큰 일이 날것만 같아 가슴이 조마조마하다. 저런다고 뭐가 달라질까 하는 마음과 오죽하면 목숨을 걸고 저렇게라도 해야 할까 하는 양분되는 마음이다.

바람을 맞으며 깃발은 깃대에 의존한다. 힘을 다해 붙들고 있다. 팽팽하게 돌고 있는 속도는 정신을 아뜩하게 하고 혼절 할 만큼 힘들지만 놓칠 수 없다. 팔뚝에 굵은 힘줄이 보이는 것 같다. 조금만 더를 외치는 것 같았다.

사측과 노동자의 팽팽했던 시위는 끝이 났지만, 목숨을 담보로 하는 시위는 더 이상 보고 싶지 않은 것이다. 비록 억울한 그들일지라도, 다시는 굴뚝을 깃대로 삼지 말았으면 좋겠다.

바람에 많이 흔들린 깃발은 쉽게 찢어진다. 사람들 마음이 순해졌으면 좋겠다. 사람들은 놀람도 잠시 자기일이 아니면 금방 잊어버리기 때문이다. 바람 때문에 존재가 드러난 강변의 깃발은 사람들의 관심사가 되었다. 무엇을 알리기 위해 거기에 매달렸을 깃발은 소명을 다해 오늘도 펄럭이고 있다. 강한 바람을 만나면 조용하던 깃발도 큰 소리를 낸다.

깡통

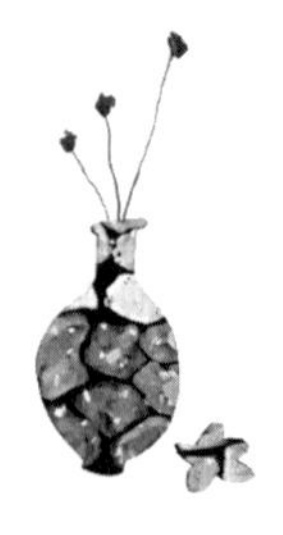

'컴퓨터는 깡통이다!'. 내가 컴퓨터를 처음 배울 때 쉽게 접근하라는 뜻으로 아들이 하는 소리였다. 발로 툭툭 건드리기도 하며 정말로 아무것도 아닌 듯 대수롭지 않은 모양을 해 보였다. 그런데 컴퓨터가 깡통이라니, 그래도 되나? 쉽게 친해지라는 것도 알지만, 여느 가전제품처럼 먼지 닦고 곱게 모시던 것과는 대조적이다. 아무리 그래도 그렇지 만물박사 같은 컴퓨터인데, 저렇게 쉽게 버리는 물건이 되다니, 내가 쉽게 이해 안 되는 모습이었다.

컴퓨터의 수명이 그렇게 짧은 줄도 몰랐다. 처음 컴퓨터를 사 줬을 때 한 십년은 문제없을 줄 알았다. 그런데 컴퓨터는 2년만 지나도 느려 못쓴다고 한다. 나는 아이들에게 "너무 빨리 망가뜨리는 것 아니냐"고 나무라기도 했다. '엄마가 컴퓨터를 몰라서 그런 말을 한다' 고 한다. 컴퓨터가 느리다는 것도 이해가 안되고 컴퓨터를 모른다는 그 말은 내가 컴퓨터를 배워야 한다는 확실한 이유가 되기도 했다. 아이들이 공부하는데 지장이 있다는 데는 어쩔 수 없이 새 컴퓨터로 갈아줘야 했다.

새 컴퓨터에게 자리를 내주고 책상에서 내려앉은 컴퓨터는 깡통보다도 못 했다. 온갖 별천지 같았던 인터넷 세상에서 코드만 뽑았는데 아무 짝에 쓸모없는 무거운 헌 깡통 같았다.

아들의 모교 고등학교에서 여름특강으로 '부모님 컴퓨터 강의'라며 전산실에서 가르치던 때가 있었다. 나는 무작정 등록을 했다. 준비도 없이 마음이 급하니 생소한 용어만 들어도 땀이 났다. 빠르게 변하는 인터넷 세상에 나만 모르고 모두 다 컴퓨터를 하는 것 같았다. 느리게 접근하는 나는 컴퓨터를 배울 수는 있을 것인지.

자리에서 물러앉은 헌 컴퓨터는 버리기 아깝지만 쓰레기일 뿐이었다. 내용물을 다 비운 빈 깡통이라면 홀가분하게 버릴 수 있었을까, 무거운 몸체에는 정보가 무겁도록 들어있는 느낌이다. 방 한구석을 차지한 컴퓨터는 몸피 무거운 늙은 노구를 떠올리게 했다.

동매산을 오르는 길에 요양병원이 새로 문을 열었다. 아침에는 보이지 않던 사람들이 오후가 되니 환자복의 노인들이 옥상을 서성거리기도 하고 운동 하는 모습이 보인다. 할머니 한 분이 의자에 앉아서 먼 하늘 쪽을 응시하는 모습을 본다. 택시 한 대가 요양병원 앞에 멎는다. 야쿠르트와 수박을 든 남자가 내린다. 혹 나를 찾아 온 사람은 아닌가? 할머니는 몸을 움직여 관심을 보이다가, 누구를 면회 온 사람이겠거니 하고는 고개를 돌리며 의자에 앉는다. 해넘이를 하는 듯 가끔 부채를 흔든다. '지는 해가 저리도 붉었나' 하고 감탄이라도 하는 듯하다. 할머니는 아이들의 안부가 더 궁금하지만, 자식들은 날마다 바쁘니 이해한다는 듯 안으로 들어가려한다. 속을 다 비운 빈 깡통을 연상한다.

간이역 대합실에 빈 깡통이 서 있다. 빈 깡통에는 담배꽁초가 있고, 아이들이 함부로 던진 빈 캔도 들어있다. 커피 쏟아 닦은 휴지 조각도 들어있고 쓰다만 메모지도 구겨진 채 들어있다. 커다란 깡통 쓰레기통에 작은 깡통은 엄마 품에라도 들어 온 듯 편안해 보인다.

깡통도 처음 내용물을 담고 있을 때는, 깡통이라 부르지 않는다. 시원한 바닷물 위에 펄쩍 뛰어 오르는 생선그림이 있다. 눈이 새파랗고 방금 퍼떡인 것 같은 고등어 그림은 말 그대로 그림일 뿐이다. 마트를 돌다 그림에 끌려 집어 든 통조림은, 익힌 생선인줄 알면서도 계산대에 와서 후회한다. 청포도의 파란 알맹이가 유리컵에 가득 담겨 있는 그림은, 보기만 해도 입안에 침이 고인다.

어릴 적이다, 콜록거리며 밥은 안 먹는다고 목을 외로 꼬고 있으면 아버지는 멀리 깡통 시장이란 곳에서 복숭아 통조림을 사 오신다. 초량에서 깡통시장은 제법 먼 거리에 있었을 것인데, 아버지는 약보다도 통조림을 사 오셨다. 분홍색 복숭아가 그려져 있는 통조림은 보기만 해도 입안에 침이 가득 차올랐다. 따개를 찾아와 한땀 한땀 열릴 때 마술이라도 보는듯 잠시도 눈을 떼지 않고 보고 있었다. 복숭아 그림이 분홍색으로 나와 있지만, 나는 노란색 복숭아를 더 좋아했다. 달콤하고 부드러운 복숭아를 한입 먹는 순간 이미 감기는 다 나은 듯 했다. 복숭아 통조림이 내게는 감기 특효약이었던 것이다.

남편의 고향 밭에서 복숭아를 딸 때면, 나는 아버지의 복숭아 통조림이 생각난다. 밭에서 방금 딴 싱싱한 스밀도 복숭아를 한 상 가득 차려 아버지께 자랑하고 싶다. 부드럽고 껍질이 쉽게 벗겨지며 단물이 많은 백도복숭아를 아버지도 좋아할실 것이다. 매미소리가 요란한 늦여름 삼베적삼에 부채를 든 아버지가 저만치 걸어가는 듯 하다.

깡통시장에는 깡통만 파는 곳 인줄 알았던 그 때, 지금도 그 곳에 가보면 깡통시장답게 통조림을 탑처럼 쌓아 올려 논 가게를 볼 수 있다.

내용물을 다 비워 가벼워진 깡통은 바람만 살짝 불어도 소리가 난다. 빈 깡통은 시끄럽기도 하지만 안쓰럽기도 하다.

밀짚모자

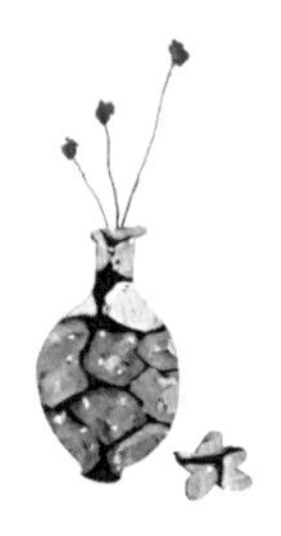

늘씬한 팔등신 아가씨가 해변에서 썬텐을 하고 있다. 모자의 넓은 챙이 얼굴을 반쯤 가려서 궁금증을 일게 한다. 그 옆에는 키 큰 소주병이 서 있고 파란 바닷물과 함께 정물이 되어있다. 이 술을 마시면 그림속의 여자가 방긋 웃으며 걸어 나오듯 기분이 좋을 것이라는 선전 이다.

모자는 머리에 얹혀 그 사람의 인상이 되기도 한다. 모자는 햇볕을 가리는 역할을 하기도 하지만, 엉성해진 두상을 감출 수 있는 가리개로 쓰인다. 모자는 실내에서는 벗어야 하는 범절에 속한다 하지만, 눈을 보호한다는 썬그라스를 실내에서도 벗지 않은 사람처럼, 모자도 실내를 가리지 않고 쓴 사람이 있다. 매일 모자 쓴 얼굴만 보다가 정작 모자를 벗고 다른 곳에서 만난다면 몰라보아 어리둥절하게 된다. 인성이나 품성을 다 갖춘 사람을 신사라고 한다. 중절모를 눌러 쓴 예의 바른 남자라면 영국신사로 연상된다.

작은 아들의 결혼식이 있던 날, 관광버스로 세 시간이 걸리는 먼 길이었다. 준비할 것도 많고 챙겨야 할 일들이 많았다. 갈 때는 손님과 일일이 인사도 못하고 돌아오는 차속에서 어떤 신사와 인사를 하게 되었다. 그 신사는 내 손을 잡고 축하한다고 했다. 나도 먼 길까지 와 주셔서 감사하다고 했다. 다른 손님과 똑 같은 인사말을 듣고 뭔지 모를 멋쩍어 하는 모습으로 멀어져 갔다. 낯이 익긴 한데 누군지 확실하지 않아서 혹 실수를 할까 싶기도 했고, 다른 손님과 달리 손을 잡아주는 모습에서 어딘지 모를 친근감이 가긴했다.

며칠이 지난 뒤 약수터에서 결혼식에 온 손님들과 인사를 하게 되었다. 평소에 가깝게 지낸 남편의 종씨라는 분은 혼주인 내가 자기를 몰라보더라는 것이다. 바빠서 정신이 없었다며 사과를 했다. 답답했던지 그 사람은 모자를 훌렁 벗었다. 순간 내 입이 벌어졌다. 민머리라 생각하고 다시 보았다. 뒤쪽머리카락이 광장 같은 하얀 두상을 지나 오른쪽 귀 위까지 덮어져 있었다. 미안하게도 자꾸 웃음이 나왔다. "그렇다고 모자를 쓰고 잔치에 갈수도 없고…." 말하는 사람도, 듣는 사람도 서로 민망했다. 나는 입술을 깨물고 터지려는 웃음을 참으려 애썼다. 모자를 오래도록 써온 사람은 모자 밑에 가려진 피부색이 너무 희어 더 두드러져 보인다는 사실을 모르는 것 같다. 요즘은 대머리도 흉이라 할 수 없으니 굳이 숨길 이유도 없다는 생각이다.

나이를 먹어도 머리카락이 풍성하면 좋겠지만, 탈모 때문에 걱정하는 사람이 많은 것을 보면 현대인에게는 또 다른 스트레스가 되고 있다.

영화배우 '율부린너'는 대머리라서 더 유명했던 배우다. 강렬한 눈매와 강철같이 단단한 몸매에서 풍겨나오는 당당함과 자신감, 카리스마 넘치는 연기로 많은 팬의 사랑을 받았다.

한창 잘 나가는 인기가수가, 근처 나이트클럽에 왔다는 프랜카드가 붙었다. 그 가수를 보려고 저녁모임을 마친 여섯 명의 여자들이 클럽에 몰려갔다. 잘 생긴 가수는 노래도 잘 했다. 사진보다 미남이라는 둥, 깔끔하다는 둥 노래가 끝나도 앙코르를 외치며 일어 설 줄 몰랐다. 무대 위에 선 가수가 나만 바라본다는 착각을 하고 있을 때였다. "저 가수하고 악수라도 해야 겠다"며 일어선 사람이 있었다. 그 사람은 뜻밖에도 얌전하기로 소문난 이순자였다. 간주가 나오는 사이 용감한 우리의 이순자가 손을 내밀었다. 순간 백구두의 그 가수가 손을 잡았다, 그리고 가볍게 포옹을 한다. 테이블 여기저기서

와~~하는 환호 소리가 들렸다. 우리는 부러움 반 시샘 반 열렬히 손뼉을 치며 환호했다. 이순자는 순간 스타가 되었다. "오늘부터 나이 손 안 씻을 거다" 며 감격해 했었다. 좋아하는 가수와 악수 한 번에 손도 안 씻을 것처럼 들떠있던 이순자는 어느 날 "그 가수가 가발이었데…이름도 가명이래,…" 맥빠진 소리를 하더니 실망이 컸었는지 아니면 식을 때가 됐는지 열혈 팬에서 탈퇴 한다고 했다.

밀짚모자와 자전거와 파란 들녘이 잘 어울리던 전직 대통령이 있었다. 그 사진에는 그리움과 향수가 묻어나며 푸근한 아버지 모습과 매치되어 쓸쓸한 미소를 짓게 했다.

초여름 기다리던 비가 내린 뒤에 모내기 품앗이를 한다. 모를 심는 어른들은 모두가 밀짚모자를 썼다. 엄마들은 모자대신 수건을 머리에 쓰고, 새참이며 점심 밥 나르기에 바빴고, 우리들도 따라 다니며 덩달아 바쁘다.

언니는 밥 광주리를 이고 나는 막걸리 주전자를 들고 미끌거리는 논두렁을 지나 아버지 엄마가 일하는 논으로 간다. 아버지 종아리에 거머리가 붙었다며 소리 질렀다. 아버지는 쑥 한줌으로 쓱 문질러 버린다. 아버지 옆에 가면 시큼한 땀 냄새가 났다.

밀짚모자에는 향수가 뭉글뭉글 피어난다. 아버지 냄새가 그리운 계절이다.

사리암에서 비꽃을 보다

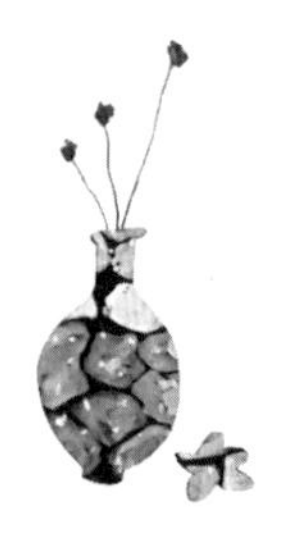

잔뜩 긴장한 듯 하늘이 맑지 않았다. 장마철에 우리가 부처님을 찾아가는데, '갸륵한 마음을 조금이라도 알아준다면 억수로 많은 비는 쏟아지지 않겠지' 비는 마음이 되어 청도로 가는 승용차에 올랐다. 법당에 놓을 쌀 봉지를 준비한 사람, 양초를 준비한 사람, 각자의 방식대로 챙겨 넣었다. 다섯 사람의 몸무게만도 만만찮은데 배낭의 무게를 더 하니 작은 승용차 엉덩이가 묵직해진다. 모닝의 운전자는 똑똑하고 야무진 박계순이다. '오늘 고생 좀 하겠네' 라며 한 마디씩 위로와 부탁의 말을 보탠다.

사리암은, 주차장에서 40분이면 충분히 올라 갈수 있다고 한다. 그 말이 우리한테도 해당이 될 것인지 부지런히 걸으면 가능하다고도 했다. 암자는 다 바위벽에 있고 어느 곳이라도 암자에 있는 부처님을 찾아가는 길은 힘들고 고통스럽다. 스스로 작아지고 비워지는 마음이 부처의 길이라 했는데, 첫걸음을 시작할 때는 한걸음에 닿을 듯 결의가 보이고 마음은 설렌다.

사리암은 바위산 높은 곳에 숨은 듯 아득하다. 암자는 벼랑이 끝나는 곳에 있고, 벼랑을 오르는 길은 좁고 비탈진 돌계단으로 이어진다. 청도 '사리암'은 부처님의 뇌 진신 사리를 모신 곳으로 따로 부처님을 모시지 않았다고 한다. 부처님의 제자 나반존자가 부처님이 열반에 든 뒤 미륵부처님이 오실 때 까지, 열반에 들지 않고 중생을 제도한다는 것이라 한다,

사리암은 인간의 마음 중에 사악하고 헛된 마음을 멀리하라는 경고라고 한다. 이곳을 다녀오면 마음은 맑아지고, 부처를 따라가는 발걸음이 한 발짝 닮아 있을 것 같은 예감이 든다. 운문사에서 먼 거리는 아니지만 이어지는 계단을 오르는 길은 급하고 숨차다. 한참을 올라도 들숨 날숨을 조절하기 힘든데, 모자챙을 노크하듯 톡톡 두드리는 누가 있다. 놀라서 고개를 들어 보니 구름이 머리 위에서 비가 가까이 왔다고 알리고 있다. 아직 절 마당에 들어서지도 않았는데, 모두들 발걸음이 빨라진다. 법당 마당에도 하나씩 빗방울 꽃잎이

피어나고 있었다.

구름이 '오늘은 비 내리지 말자'고 약속하는 것 같았는데, 그 약속을 잊어버렸나, 비가 잦은 장마철에 그 약속을 믿다니, 가뭄에나 믿을 약속이지 않은가, 암자 마당에 빗방울이 떨어지며 작은 왕관을 만들다가 뱅글뱅글 돈다. 물방울은 왕관처럼 피었다가 꽃잎처럼 흩어진다.

사리암 마당에서는 물방울도 꽃이 된다는 것을 보았다. 바람이 곁에 없어도 스스로 춤추는 꽃은 비꽃뿐일 것이다. 우리는 서둘러 관음전에 들어섰다. 바깥의 변화에도 우리들의 마음까지도 다 알고 있다는 듯 나반존자 부처님의 표정에는 온화한 미소가 일렁인다. 우리는 법당에서 머뭇거린다. 벽에 기대서서 떨어지는 빗방울을 바라본다. 우리를 붙드는 것이 빗방울인지 부처님의 미소인지, 아니면 순간적으로 피었다 사라지는 비꽃에 매료되어 인간의 감정은 잠시 잊은 것인지….

암자 마당에 떨어지는 빗방울 꽃, 낙화한 벚꽃 속에 발을 묻듯, 사람들은 비꽃 속에 즐거워한다. 꽃잎이 물에 떠내려가듯, 비꽃은 모여들며 아래로 흘러내린다. 비는 잠시 소강상태가 되는가 싶더니 또다시 안개가 밀고 내려오고 있다. 어느새 안개는 절 마당에 가득 찬다. 우리는 배낭까지 푹 덮일 하얀 비옷을 똑같이 입고 부처님을 향해 내려가겠다는 인사를 한다. 옅은 미소에는 '내가 다 보고 있으니 조심해서 내려가라'는 듯하다.

안개를 걷어갈 바람은 쉽게 불어오지 않고 앞 사람의 뒤 꼭지만 보고 내려 오는 돌계단은 역시 가팔랐다. 잠시 안개의 도시 '무진장'을 생각한다. 아무 소리도 들리지 않고, 아무 말도 할 수 없는 안개에 갇힌 '무진장'이라는 섬, 그 섬에서 홀로 무언극을 하는 '지체아'의 아픈 현실이 보이는 듯했다. 실제 있었던 일을 이야기로 풀어 소설이 되었다고 한다. 그 책을 읽으며 가슴 답답해서 울었던 기억이 난다. 다 내려 왔을 때, 좀처럼 걷힐 것 같지 않던 안개가 잠시 비켜서더니 유리 조각 같은 파란 하늘을 언뜻언뜻 비춘다. 나반존자를 모신 관음전을 올려다본다. '높은 데 있지만 낮은 곳에도 있다'고 일러주는 듯하다. 첫발을 디딜 때는 의기양양하게 오른다. 부처님을 만나고 빗방울 꽃을 보고 인자한 그 미소를 가슴에 새기며 자신을 돌아본다. 법당 마당을 수놓던 비꽃은 발 밑 낮은 곳에서 조우하고 있다.

미끄럽고 가파른 돌계단을 딛고 사리암을 다녀왔다는 자부심에 어깨가 으쓱해진다. 사리암 처마 한쪽 귀퉁이가 삐죽이 보인다. '무사히 잘 내려갔냐' 하는 부처님의 음성이 들리는 듯 하다.

책

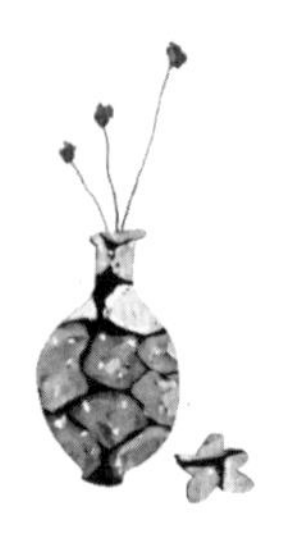

책이 가르쳐주는 길을 따라 가고 있으니 낯선 다른 세계가 눈에 들어찬다. 책에서 가만 눈을 때면 책을 읽지 않을 때처럼 앞집이 보이고 앞산 또한 덩그렇게 눈에 들어온다. 책을 가령 꿈의 세계라 하면 책에서 눈을 돌렸을 때의 세계는 저녁 찬거리를 사러 시장나들이를 해야 하는 현실이란 마당이다.

책상 앞에 앉아 나는 꿈과 현실 사이를 오가는 놀이에 빠져 있다. 그렇다고 정신없이 책에 푹 빠져있는 상태는 물론 아니다. 대개의 주부들이 그렇듯이 집안 청소를 하고, 빨래를 주물러야 하며 저녁은 무엇을 할까 하는 고민에 빠진다. 끼니때라는 것이 어쩌면 그리도 빨리 다가오는지 돌아서면 점심, 돌아서면 저녁 걱정을 해야 한다.

그런데 잠깐이나마 그런 일상적인 일에서 벗어날 수 있는 틈새가 책읽기다. 책갈피 속의 글자에 눈을 팔고 있으면 조금이나마 가사노동에서 해방된 느낌을 받을 수 있다. 책은 그런 점에서 일종의 위안거리이기도 하다. 그렇다고 위안을 일삼아 책에 매달리는 것은 아니다. 책 속의 여행이란 말을 떠올리면 책에서 받는 이러저러한 눈요기 또한 허술하게만 다룰 수 없다. 책은 일품요리 같은 여행가이드다.

내가 처음 본 책은 엄마의 장롱 속에 있던 한글로 내려쓴 소설책이다. 《장화홍련뎐》과 《심청뎐》같은 필사본 책은 지금도 눈에 선하다. 누런 꺼풀이 닳도록 읽고 눈시울을 붉게 적시던 엄마의 모습을 본 적이 있다.

책 속에서 철학자이자 소설가인 사르트르를 만난 적이 있다. 《구토》를 읽으면서 왜 하필 구토일까 하고 궁금해 했다. 책갈피는 오래되고 인쇄도 눈에 흐려 쉽게 책장이 넘어가지 않았다. 하지만 무슨 의무라도 짊어진 느낌으로 글자 하나하나를 짚어나가듯 읽었다. 일기체 서술형식이라 그나마 책을 읽어나가는데 조금은 흥미를 얻을 수 있었다. 시각, 촉각, 후각을 통해 존재의 이유를 찾고자 했다. 인간의 삶의 의미를 찬양하며 그에 적응하며 사는 사람이 있는가 하면, 무언가가 잘못 되어간다는 것을 알면서, 그럴 수밖에 없을 거라면서도 지식인은 부조리한 현실에 구토를 느끼기 시작한다. 작품은 그 내용을 받아들이는 사람에 따라 다르게 느낄 수 있는 것이다. 《구토》는 사회 현상이며 자기존재와 사물의 인식을 어떻게 감지하며, 어떻게 그것을 소화시키느냐를 생각하게 했다. 조금 지루했지만 인간의 내면을 파고드는 흥미에 끌려들기도 했다.

어느덧 밖에서 들어오던 햇볕은 잔 여울만 남긴 채, 멀어지고 있다. 소파에 길게 누워 책을 배 위에 얹고 피곤한 눈을 감았다.

얼마나 지났는지 허허 벌판에 누워있는 듯한 느낌이 든다. 돌아누우려고 몸을 비틀어 보는데, 움직일 힘조차 없다. 무언가가 몸을 결박하고 있는 것 같다. 손바닥으로 배 위를 쓸어보는데 웬 모래알이 목까지 차 오른다. 목만 움직일 수 있을 뿐, 나는 어딘가에 갇혔다는 생각이 든다. 혹 걸리버의 소인국인지도 모르겠다. 소인국에서라면 걸리버처럼 탈출해야 하는데 몸이 말을 들어주지 않는다. 발버둥이라도 쳐야하나 아무도 없어요? 소리를 질러도 입 밖으로 말이 되어 나오지 않는다. 누가 도와주었으면 좋겠다.

내 방에서 누군가가 떠들고 있다. 누구냐고 크게 소리를 쳤지만 목소리는 밖으로 나오지 않는다. 어둠에 가려 있는 부엌 벽을 짚어가며 내 방을 간다. 조금 전에만 해도 묶인 상태였는데 언제 풀렸는지 움직일 수 있었다.

책장 구석진 자리에서 공자가 제자들을 모아놓고 설하고 있다. 죽간에 받아 적는 사람은 안회라는 제자다. 공자가 그 제자들에게 무슨 말을 하고 있다. 말은 들리지 않는다. 그런데 이 사람들이 어느새 내 방에서 떠들고 있다. 그러고 보니 내 방이 조금 낯설지만 분명히 내 방이다. 방에 들어가려고 한 발 움직이는 순간 무언가에 부딪힌다. 발에 밟힌 것은 책에서 떨어져 나온 문장이며 단어들이다. 내가 쓰다 만 자음과 모음들이 마구 흩어져서 서로 부딪히며 킥킥거리며 웃기도 하고 나를 희롱하듯 춤을 추고 있다. 나는 귀를 막았지만 내가 펼쳐놓은 책 속에서 나온 글자들은 멈추지 않는다.

꿈속에서도 잡힐 것 같은 현실을 지각하고 있었을까, 벽을 더듬어 보았다. 어렴풋이 스위치를 찾아 손가락에 힘을 주었다. 찰칵, 춤을 추듯 흐르던 글자들이 화들짝 놀라며 펼쳐진 책 속으로 찾아들어가는 소리, 요란스런 기척이 있다. 툭! 하고 책이 바닥으로 떨어진다. 잠깐 동안의 꿈이었다.

책을 읽으며, 책을 모으며 나는 책을 푸대접했다. 언제라도 찾아보기 쉽게 손닿는 곳에 밀쳐두는 버릇 때문에 책들이 발에 밟히기도 하고, 책장을 접어 구기기도 한다. 문장을 읽고 참 좋은 표현이라며 밑줄을 벌겋게 그었다. 다시 책갈피를 펼 때 그 구절이 먼저 눈에 들어오면 반갑기 때문이다.

조용히 미소를 머금게 하는 책은 깊은 사색에 잠기게도 한다. 책을 끼고 잠든 밤에는 오랜만의 반가운 친구가 꿈에 보였다.

파도소리

의자에 누웠다. 치과의사가 의자를 밀고 다가앉는다. 나는 눈을 질끈 감았다. 의사와 눈이 마주치지는 않지만 마스크 바로 안에서 훅훅 뿜어 내는 숨소리가 내 얼굴에 닿을 듯하다. 왼손은 의자의 난간을 붙잡고 오른손은 바지를 움켜쥐고 숨을 죽이고 침도 함부로 삼키지 못하는 인질이 된다.

입안에 톱날이 돈다. 치과의사가 들고 있는 핸드피스는 1초당 600만 번을 회전한다고 한다. 자칫하다가 피를 볼 수도 있다. 입안에 고인 침을 삼키다가 혀에 상처가 났다. 의사의 주의를 듣는다. 상한 이

뿌리를 파서 긁어낼 때는 우물이라도 파는 듯 끙끙 거린다. 날카로운 갈구리는 아래턱이라도 뚫고 나올 것만 같아 오금이 저린다. 무서우냐고 묻는다. 겁낼 것 하나도 없다며 금방 끝난다고 한다. 나는 입안이 얼얼해서 아무 말도 못한다. 드디어 내 입에 물컹한 석고를 물린다. 이를 꽉 다물고 무른 석고가 굳을 때 까지 절대로 입을 열면 안 된다는 다짐을 준다.

절대로 라는 못 박는 말을 들으면 나는 반항하고 싶어진다. 자식을 위해서, 집안을 위해서 자기 몸이 좀 아파도 참았다고 하는 그 말이 생각나기 때문이다. 우리 엄마는 조금씩 아프다는 말은 했지만 절대로 우리를 두고 돌아가실 줄은 몰랐다. 좀은 엄마도 자기 몸을 생각하는 그런 건강한 엄마였다면 얼마나 좋았을까. 그랬다면 아버지도 우리들도 덜 힘들었을 것이란 생각이다.

엄마는 한꺼번에 여러 개의 이를 뽑았다. 그 후유증으로 몸져눕고 말았다. 결국 다른 병으로 저세상으로 떠났지만 내게는 아직 풀 수 없는 의문이 있다. 치과 치료를 잘 못한 것이 아닌가하는 의심이다. 나는 피곤하다고 느끼면 잇몸이 먼저 부어오른다. 그럴 때면, 이가 아파 고생하던 엄마가 떠오르고 치과 의사를 찾는다. 치아는 엄마를 닮지 않으려고 양치질도 꼼꼼히 하고, 때 맞춰 스켈링도 빠지지 않는다. 때문인지 치과의사는 치아 관리를 잘했다고 칭찬도 한다. 그래도 병원이라면 다 멀리하고 자주 찾고 싶지 않지만, 치과 가는 일도 회피하고 싶은 곳 중의 하나다.

의사는 입을 크게 벌리라고 한다. 눈은 감았지만 내 입속을 누군가에게 들어내 보이는 것이 불편하다. 목젖까지 들여다보는 의사는 내 숨소리도, 내 코골이 까지도 알아차릴 것 같아 편치 않다. 마스크를 한 의사의 표정을 볼 수 없어 다행이다.

석고를 입에 물고 장식대 위의 수석에 눈이 머문다. 차례를 기다릴 때에도 몰랐다. 거기에 근사한 수석이 있는 줄 처음 알았다. 원래 그 곳에 있었던 것 같은데 눈에 들어오지 않았다. 수석을 잘 모르는 사람 눈에도 예사롭지 않아 보인다.

푸르스름한 바탕에 웅크린 곰이 겨울잠을 자는 모습이다. 곰의 앞가슴에 하얀 국화꽃 한 다발이 있다. 가을의 구절초라면 어울릴 것도 같다. 곰도 국화꽃 향기를 좋아하나보다. 국화꽃을 한 아름 안고 그 향기에 취해 깊은 겨울잠에 들어간 듯하다. 고개를 수그리고 앞발은 털 속에 숨긴 것 같다. 내가 곰인 것 같다고 했는데, 의사는 두꺼비로 보이지 않는지 묻는다. 사람마다 다르게 말한다고 한다. 어떤 이는 두꺼비 같다고 하고, 나는 곰이라 한단다.

일전에 책에서 본 '토끼의 왼쪽'과 '오리의 오른쪽'을 생각한다. 사물을 보는 관점에 따라 생각의 방향이 달라진다는 것이었다. 곰이라 생각한 나는 곰이 동면하기전이면 가을국화가 지천으로 피었을 때이다. 가을 산길에서 볼 수 있는 연보라색 구절초를 연상한다. 향기가 좋아서 벌과 나비를 불러들이고 가을 산의 서걱거리는 억새와도 잘 어울리는 구절초를 곰은 좋아했을 것이다.

곰은 이른 가을부터 체온을 유지하기 위해 많이 먹는다고 한다. 그러다가 11월 중순이 되면 굴에 들어가며 동면을 시작한다는 것이다. 이때 구절초를 한 아름 꺾어 안았을까. 가을국화의 향기를 맡으며 가 수면에 든다고 생각하면 내가 본 곰은 구절초의 향기를 머금고 꿈을 꾸는 행복한 곰이 틀림없다. 그런데, 두꺼비라 말한 사람은 어떤 생각을 했을까. 두꺼비가 국화를 좋아 할까, 두꺼비는 변온동물이라 국화가 필 가을에는 춥지 않을까, 그러면 두꺼비라 말한 사람은 국화가 아니라고 말할 것 같다. 국화꽃 곁으로 향기를 맡을지는 모르겠지만 국화를 안고 있는 그림은 어울리지 않을 것이다. 보는 사람에 따라서 두꺼비였다가 곰이 되기도 한다. 가만히 좌대에 얹혀 있기만 해도 보는 이들은 많은 상상을 하게 한다.

바닷가의 곰은 처음부터 곰이 아니었을 지도 모른다. 파도가 곰을 그리워하다가 곰을 새기지 않았을까. 그러고 보면 저 곰은 파도의 창작품일 것이다. 파도는 무엇이든 생각하는 것을 만들고 있는 것 같다. 곰이라도 괜찮지만 두꺼비라 해도 어울리고 있다. 좌대에 앉은 곰을 다시 보니 훌륭한 작품인 것 같다. 수석은 찬찬히 들여다보아야 숨은 그림이 보이는 것 같다.

다시 입을 크게 열고 누웠다. 쏴하는 물소리가 들린다. 파도가 하얀 거품을 남기며 멀어지고 바람이 다가온다. 돌들이 움찔대며 몸을 비튼다. 수천 개의 손을 가진 파도는 또 다른 수석에 꽃도 새기고 동물도 새기며 무엇을 만들고 있을 것이다.

의사가 내 잇몸을 깨끗이 말리며 다시 이를 덮는 사이 나는 남해의 어느 바닷가에서 파도를 만나는 상상에 젖어있었다.

제2부

꽃도 질투를 한다

꽃도 질투를 한다

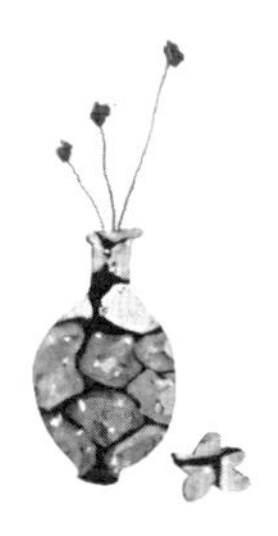

아침신문을 가지러 현관문을 열었다. 노랗게 봉오리를 매달고 있어야 할 양난의 꽃봉오리가 바닥에 어지럽게 흩어져 있다. 그 줄기는 휘어져 문주란 넓은 잎 밑으로 구부러져 있고, 할킨 듯 잎들이 갈라지고 심한 몸부림으로 늘어져 있다. 놀라고 기가 막혀 할 말을 잃었다.

밤에 누군가가 난을 막 부러뜨려 놓았다며 흩어진 잎사귀와 그 곁에 나뒹구는 꽃송이를 보며 소리 질렀다. 태풍이 지나간 흔적 같기도 했다. 막연하게 보고 있는 내 뒤에서 찬찬히 둘러보던 남편은 "누가 아니라 바람이 그랬네"하는 결론을 내린다. 센바람이 분다는 소리도 듣지 못했는데 누가 난동을 부린 것이 확실해 보였다, 나는 문주란을 지목했다. 문주란은 넓은 잎과 두툼한 몸으로 누가 싸움을 걸어와도 별로 상처를 입지 않을 듯 보였다. 멀쩡하게 넓은 잎을 펼치고 있는 문주란에게 눈총을 준다. 내가 문주란을 지목하는 이유가 있다. 두 주일 전쯤, 문주란이 꽃을 피웠다. 그 때 꽃을 본 내 반응이 마음에 걸린다. '올해도 어김없이 꽃을 피우네, 그런데 꽃만 피우고 꽃씨는 만들지 않았으면 좋겠는데…' 라고 했다. 햇볕 내려쬐는 여름날, 저 혼자 펴서 저 혼자 질 때 까지 집에는 아무도 없었다. 여름휴가를 다녀온 때문이다. 집에 오니 벌써 몇 송이는 지고 꽃 진 자리에 작은 방울 같은 씨를 맺고 있었다.

문주란은 벌써 20년을 넘긴 우리집 꽃밭의 터줏대감이다. 문주란 꽃은 화려하고 고고하다. 가는 실낱같은 꽃잎을 여러 갈래로 나누어 한들거릴 적에는 신라 금관을 연상하게 한다. 노란 암술과 수술은 감히 나비도 앉지 못할 만큼 깨끗하고 맑다. 바람만 살짝 불어도 흔들리는 꽃술은 신라 금관의 곡옥을 연상한다. 꽃을 보는 사람은 다 좋다는 칭찬을 했었다. 따뜻한 남쪽에서 잘 자라며 제주도에서 흔하게 보이는 꽃이다. 오래전 제주여행에서 씨를 갖고 와서 싹을 틔운 우리 집 화단에서 제일 오래된 꽃이다.

지난해만 해도 문주란 씨 여물기를 기다려 햇볕에 말렸다가 꽃을 좋아할 만한 사람들에게 나누어 주었는데, 반응은 실망이었다. 반가와 하지도 않았고, 오히려 언제 싹을 틔워 꽃을 보느냐고 되묻기도 했다. 아무리 예쁜 꽃도 처음에는 작은 씨앗에서 시작한다는 그 과정은 생략하고, 꽃만 보겠다는 사람에게 내 손이 되레 민망하기도 했다.

이번에도 꽃이 커서인지 씨앗도 크고 탐스럽게 맺었다. 씨앗이 커질수록 나는 배불러오는 임산부를 생각했다. 언젠가 '둘만 낳아 잘 기르자'하던 표어가 내걸린 적이 있었다. '하나씩만 낳아도 삼천리는 만원이다' 한 포스터도 보았다. 원하지 않는 씨앗은 자라지 못하게 하는 것도 내가 할 일인 듯 했다.

소파수술도 때를 넘기면 할 수 없다고 한다. 문주란의 씨방은 더 여물기 전에 결단을 내려야 한다. 손으로 건드리면 뚝 떨어질 줄 알았는데 여간 비틀어도 끊어지지 않는다. 새끼를 잃지 않겠다는 동물의 본능을 보는듯 했다. 그러나 나는 돌팔이 의사처럼 씨앗을 마구 비틀고 꺾어 결국 작은 방울의 싹을 다 없애고 말았다. 씨앗 하나에 세 포기라 생각하니 몇 포기의 문주란을 없앴는지 모른다. 방해는 했지만 미안하고 안스럽다는 마음이 들었다.

그리고는 곁에 노랗고 튼실하게 올라온 양난의 꽃대를 보고 칭찬을 호들갑스럽게 해 댔다. 진노랑의 꽃송이가 무려 여섯 대다. 다 피어날 때면 꽃밭이 환하게 불을 킨 듯 밝을 것이다. 비틀려 떨어진 문주란 씨앗이 아직 마르기도 전이었다. 다른 꽃에 보이는 지나친 칭찬은 문주란을 화나게 했을 듯하다. 내가 안 보는 사이에 저들 두 꽃나무는 격투를 벌인 모양이다. 격투가 아니라 일방적으로 양난이 당했을 것 같다. 양난은 가슴에 안고 있는 꽃봉오리를 뺏기지 않으려고 몸부림을 쳤을 것이다. 반면에 잃을 것도 없는 문주란은 힘껏 양난을 괴롭혔을 것이 분명하다. 꽃도 질투를 하나보다.

문주란은 다른 꽃이 넘볼 수 없는 화려함과 고고함이 묻어나는 왕비의 왕관처럼 의연했으니까, 칭찬은 언제나 자기 것이라 믿었을 것이다. 매서운 문주란의 텃새가 느껴졌다. 그 곁에 계속 두다가는 모르긴 해도 양난이 꽃을 다 피워보기도 전에, 모두 꺾이고 말 것만 같아 얼른 거실로 옮겨 놓으니 마음이 놓인다.

언젠가 잡지책에서 보았던 기사가 떠오른다. 미스코리아 선발을 위해 합숙훈련을 하는 도중에 미인들의 싸움이 있었다는 기사를 보았다. 한 사람 한사람은 다 아름다운 미인들이다. 그러나 아름다운 그들도 자신보다 더 아름다운 대상을 만나면 질투를 느낀다. 자신이 제일 아름답다는 평가를 받고 싶은데, 다른 누군가에게 칭찬이 돌아간다면 질투와 시기를 느낀다. 세상의 모든 전쟁은 질투와 시기에서 시작된다고 하지 않은가.

꽃도 질투 한다. 바람을 가장한 꽃나무의 화풀이는 그 향기만큼 잔인한 것이다.

난蘭의 산실

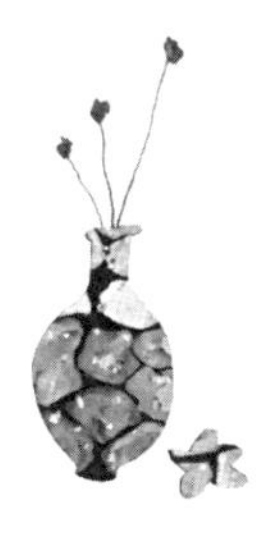

“질부야, 저 문에 창살이 보이나?” 이웃인 시어머님 친구 분이 물었다. 아픈 배를 움켜쥐고 찌푸린 얼굴을 하고 있던 나는 눈을 들어 문을 노려본다. 문살이 안 보이기는 마름모꼴 사방연속형인 창살이 너무나 또렷이 잘 보였다. “예, 보입니다.”라고 했다. “안즉 멀었다 저 문에 살이 안 보일 만큼 아파야 아가 나온다” 그러고는 당신들은 삶은 고구마에 김치를 얹어가며 먹고 있었다. 당신들은 “아이를 일곱도 낳고, 여덟을 낳아도 아이구 배야 아이구 배야 두 번만 하면 아이가 쑥 하고 나왔다”고 한다. 어떻게 아이구 배야, 아이구 배야, 두

번에 아이가 나오지? 그럼 나는 스무명도 더 낳았겠네 생각하다가 깜빡 잠이 들어버리곤 했었다. 또 진통이 오면 “아이구 배야” 하며 배를 쥐고 쩔쩔맸다.

어머님이 날달걀을 깨트려 한 대접을 마시게 했다. “이게 약이예요?”하고 묻고 싶었지만, 약인지 뭔지 알아 볼 겨를이 없다. 언제 또 진통이 올지 모르니 좋다고 마셔라는 것을 거절할 이유가 없었다. 비릿한 날달걀을 마셨지만 잠시 쉬었다가는 또 아프고, 그리고는 또 얼마를 더 지난 후에야 병원을 찾았다. 밤을 세우며 아팠다가 쉬었다가를 얼마나 했을까, 다음날 정오가 되어서야 아기가 나왔다. 첫 아들을 낳았다. 힘든 산통 끝에 나온 아이는 눈도 뜨기 전에 울기 부터 했다. 아이는 밤낮이 바뀐 때문이라 하는데 울보였다. 배 고프다고 울고, 쌌다고 울고, 엄마가 곁에 없다고 울고, 울보아들 덕에 나는 밤마다 아이를 업고 밖으로 나가 있어야 했다. 그렇게 울어대는 아이를 보며 나중에 노래 부르는 ‘가수’가 되겠다면 어떻게 하느냐고 나는 걱정했다. 남편은 비좁은 배 속에서 갑갑했다가 목청 틔운다고 자꾸 운다고 하는 바람에 우리는 실랑이를 벌이다가 한바탕 웃었다.

우리 집에 난蘭 열일곱 송이가 한 화분에서 피어났다. 화려하고 예뻐서 난蘭 화분 곁을 떠나지 않는다. 뽀얀 아기 피부 같은 꽃송이에는 두 갈래의 휘어진 꽃잎과, 두 가닥의 수술과 암술, 짙은 보라색을 띠고 있는, 잘 보면 마치 참깨의 뽀얀 꽃과 닮은 듯하다.

경쟁하듯 꽃을 피우는 난을 보니 내게 할말이라도 있는듯 하다. 화분이 너무 비좁다고 하는 것 같기도하고, 영양분이 부족해 힘들다는 것 같기도하다. 식물은 열악한 환경에서 꽃을 더 많이 피운다고 했으니….

"니, 이래뵈도 향이 참 좋다 잘 키워라이" 이사했다고 친구가 안고 온 화분에는 두 송이의 꽃대가 수줍은 듯 고개를 숙이고 있었다. 잎사귀도 별로 신기할 것도 없는 그냥 흔히 볼 수 있는 그런 난이라 생각했다. 그 뒤 정신없이 바쁜 틈에 꽃이 어느새 져 버렸는지 몰랐다. 한동안 잎만 무성하게 자랐다. 전구지 밭이냐고 구박도 했건만 자꾸 올라오는 무성한 난을 다른 화분에 옮겨심어, 친구들에게 한 촉 씩 나누어 주고, 앞집에는 화분째 주기도 했다.

작년에는 네 송이의 꽃대가 올라왔다. 밤마다 난 화분에서 신음이 들리는 듯 했다. 아침에 꽃을 피우려고 밤새 진통을 한 것이다. 올해는 거실에 한 번도 에어컨을 틀지 않았다. 열심히 잎사귀를 닦아주고 영양제도 꽂아주고 신경을 집중했다.

다음날 아침, 물을 뿜어주다가 꽃대를 발견했다. 다른 사람은 기웃기웃 긴가 민가 했지만 볼록하게 올라온 꽃대를 나는 단번에 알아봤다. 매일 조금씩 부풀어 오르며 꽃 피울 준비를 했다. 아침 창가로 들어온 햇살을 받아 반짝이는 파란 이파리에 송글송글 매달고 있는 땀방울이 보였다. 모두 잠든 밤, 난은 진통을 하고 있었던 것이다.

햇살이 퍼질 즈음 난도 꽃잎을 열기 위해서…

산후조리원에 산모들이 나란히 누웠다. 한 애기 엄마가 말한다. "얼마나 아픈지, 남편 와이셔츠를 다 찢었다고 하데 내가 그랬데, 어휴" 하는가 하면 "나는 입술을 얼마나 깨물었던지 입술이 다 터졌다" 하고 "두 번 다시 안 낳을 거다" 하고 손 사례를 치기도 하는데, 산모들 곁으로 "아기가 엄마를 만나러 왔어요" 하는 간호사의 말이 떨어지기가 무섭게 벙긋벙긋 웃는 산모들은 기쁨으로 가득하다.

우리 집 거실은 난蘭의 산실이다. 엄마와 아기들의 산후 조리원 같다. 미역국으로 몸을 다지는 엄마에게 젖내 폴폴 풍기며 안겨있는 아기는 천사다. 아기의 베내짓 한 번에 엄마의 고통은 사라진다. 열일곱 송이의 난蘭이 피어난 우리 집 거실도 입술을 달삭이는 아기의 젖내 만큼 달콤하고 향기로운 난의 산실이다.

매실

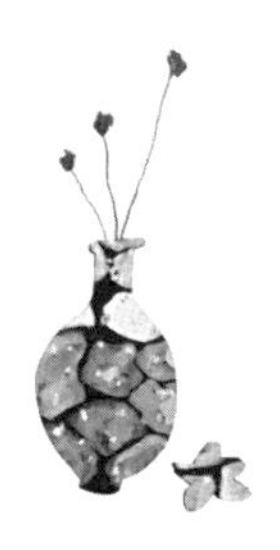

입안에 모래가 있는 듯 까끌 거렸다. 물을 삼키는데도 힘이 들었다. 목도 고장이 났는지 음식을 삼킬 수가 없었다. 몸살이 온 것인지 열도 났다. 여기저기가 편치 않았다, 혓바닥이 홍시처럼 붉더니 마른 논바닥처럼 갈라지기 시작했다. 붉은 혓바닥은 꽃인듯 수술처럼 저마다 들고 일어났다. 사막에 갇힌 것처럼 온 몸이 뜨거웠다. 밤에는 헛소리를 해서 곁에 사람을 놀라게 했다.

링거 줄에 노란 약물이 똑똑 떨어지는 소리가 들린다. 갈라진 입안에 적신 거즈를 물고 있으라고 한다. 병원 하얀 천장이 사막처럼 넓다. 모래바람 속에는 도적들이 보인다. 복면을 한 도적들은 귀중품은 빼앗으며 난동을 부린다. 히잡 쓴 여자들과 낙타와 도둑들은 모래바람을 일으키며 사라지고 있다. 회오리바람이 나를 휘감는다. 토네이도처럼 어디 멀리로 던져버릴 것 같다. 불같이 뜨겁던 사막이, 태울 듯 맹렬하던 태양이 서서히 멀어진다. 입안에 침을 꿀꺽 삼켜본다.

그러나 사막은 살아있다. 발밑이 뜨거워 한 발 한 발 들어 올리며 눈알을 굴리는 도마뱀도, 꼬리를 치켜든 전갈도 보인다. 붉은 개미 한 무리가 자기 몸의 몇 백배나 되는 먹이를 조각내어 나른다. 사막에는 모래도 살아서 꿈틀댄다.

며칠 전, 매실을 따러가기 전에만 해도 몸살기는 없었다. 가지마다 총총히 매달고 있는 새파란 매실를 보며 감탄했다. 그러나 매실은 내 칭찬 따위는 아랑 곳 않은 듯, 높은 나무 가지에서 떨어지지 않으려고 안간힘을 썼다. 매실은 가지 끝에 대롱대롱 매달리는 법이 없다. 너무나 당당하게 큰 줄기의 겨드랑이든지 나무의 아주 중요한 마디마디에 여보란 듯 당당하게 달려있었다.

바구니와 자루를 들이대며 허튼소리와 농담으로 깔깔대고, 높은 꼭데기의 한 점도 그대로 두지 않겠다는 듯, 점령군 행세를 하는 우리에게 매실나무는 가시로 찌르며 저항했다. 매화가 남긴 열매라서 여릴 것이란 생각은 천만의 말씀이다. 놀랄 만큼 반항을 해 댔다. 그래도 기어이 빈 가지만 남기고 돌아왔다.

아직 겨울이 끝나지 않았다고 움츠리고 있을 때, 봄이 가까이 왔다고 제일 먼저 알리는 꽃이 매화다. 차가운 바람에 곧 흩어져 버릴 듯 가냘픈 꽃잎의 가장자리에 눈꼽만큼 작은 매실의 종을 보았을 때는 누구라도 감격한다. 꽃 진 자리마다 총총히 달려있는 모습은 나무에 경의를 표하고 싶기도 하다.

매실에는 고집으로 뭉친 옛 선비의 완고함이 들어있다. 매실은 해충에게도 빈틈을 주지 않는 강인함도 있다. 약 한 방울 의지해 본 적 없는 자부심에 옹골차게 야문 매실은 함부로 과육을 내어주지 않는다. 탐스럽다고 덥썩 깨물었다가는 오만상이 찌푸려진다.

먼저 우체국에 들러 작업해온 매실을 택배로 보낸다. 네 군데의 박스에 꼭꼭 눌러 담은 매실은 내가 적은 주소를 찾아 달려갈 것이다. 집에 온 매실은 또 내 손을 기다린다. 나는 매실을 깨끗이 씻는다. 잔털이 씻긴 매실은 인물이 훤하다. 깨끗한 오지항아리에 파란 매실이 보이지 않도록 하얀 설탕으로 덮어 다독인다. 어떤 사람은 일주일 간격으로 저어주는 것이 귀찮아서 주둥이 좁고 빵빵한 병에 넣고 매실 무게만큼 설탕을 넣어 마구 흔들어 주면 시간이 지나면서 매실청이 되어있다고 한다.

매화가 필 때면 겨울에도 안 오던 눈이 내리기도 한다. 가지마다 흰 눈이 띠처럼 얹혀있고, 하얗게 떨고 있는 매화를 보면 처연하도록 아름답다. 오늘이 마지막이라 생각한 꽃들은 온 힘을 다해 웃는 것 같다. 꽃은 원래가 웃는 것만 배웠는지 추워도 웃고 하늘하늘 떨어지면서도 웃는다. 하얀 꽃잎을 날려 보낼 때마다 헤어지는 아픔을 쓴 물로 남는다.

시고 떫고 완고해서 타협을 모를 것 같은 매실은, 시간을 끌며 설탕과 화합한다. 향긋하고 노르스름한 빛깔의 진액은 오묘한 맛으로 새로 태어난다. 나는, 그 때까지 석 달이고 백일이고 기다릴 것이다.

화선지 두 장으로 항아리 입을 봉했다. 어떤 이는 매실 담근 항아리 봉함에 시를 한수 적어 잘 숙성되기를 바란다고도 했지만, 나는 화선지에 즐거울 '樂'자를 써서 입을 봉했다. 이 향을 마시는 사람은 멋을 알고 맛을 알아 다 같이 즐겁고, 좋아라 하는 나만의 바람이다.

일을 마쳤다는 안도에서였을까. 긴장이 풀린 내 몸이 천근인 듯 무거웠다. 매실의 화풀이였던가, 그 바람에 결국 병원 신세를 진다. 하얀 사막의 모래알들이 이제 서서히 사라지는 느낌이다. 시고 떫고 완고해서 화해를 모를 듯 한 매실이 이제 내게 손을 내미는 듯 하다,

시원한 매실 주스 한 잔이 간절한 날이었다.

양파

가을에 심은 양파는 봄이면 대파처럼 쑥쑥 자란다. 농부의 당부는 잎은 키우지 말고 단단한 몸통을 만들라고 한다. 대책 없이 혼자 큰 것을 좋아하지 않는다. 한 자루에 고르게 들어갈 만큼의 야무지고 단단하고 흠 없는 양파를 농부는 원하기 때문이다.

주말이면 농촌으로 간다는 지인을 만났다. "내일은 양파 구불치러 간다"고 한다. 무슨 말인지 몰라 어리둥절한 내게, 양파 밟으러 간다고 재차 말한다. 양파를 뽑기 전에 줄기를 꺾어줄 일이 남았다며 잎만 무성하고 알차지 않은 양파는 아무리 잘 자라도 옳은 양파라 할 수 없다고 한다. 그냥두면 대파도 양파도 될 수 없기에 사람의 힘으로 목을 꺾어 잎은 키우지 못하도록 억제해야 한다는 것이다. 야속하고 매정하다 하겠지만 양파답게 키우는 방법이라 했다.

국악인 송소희를 TV에서 본적이 있다. 국악의 신동이라는 말처럼 앳된 목소리로 창을 구성지게 불러 관심 있게 보았다. 예쁘고 귀여운 그가 TV에 나오면 하던 일을 멈추고 화면 앞에 앉을 만큼 좋아한 국악인이다. 그런데 오늘은 할 말이라도 있는 듯 서울 역 대합실 사람들 앞에 마이크를 잡고 섰다. 소리하는 사람답게 목소리도 곱다. 청바지와 예사 차림의 그에게 사람들은 귀를 쫑긋 세운다.

"자신은 부모에 의해 국악을 하도록 만들어 졌다"는 것이다. 먹고 입고 말하는 일상을 부모님의 계획대로 살아야 했다고 한다. 물론 자신도 국악을 좋아하긴 했지만 소질을 발견한 것은 부모님이 먼저라고 한다. 친구를 가까이 사귀면 안 되고 아무거나 먹으면 안 된다는 강요와 설득으로 살았다고 한다. 하고 싶은 것도 많고, 하기 싫은 것도 많아 반항하고 싶은 십대를 보내며, 가출한 적이 있다고 했다. 무작정 헤매며 방황한 것이 아니라, 집을 잠시 나가겠다는 통보를 했으니 제대로 한 가출은 아니라고 애교 섞인 해명을 했다. 국악인을 만들기 위해 부모는 그에 맞는 훈련을 시키며 냉정하지 않으면 안 되었을 것이다. 자식을 위한 훈련이었겠지만, 받아들이는 당사자는 어렵고 힘들었으리라. 그 부모의 마음은 또 얼마나 아팠을까 매정하고 엄하게 교육시키는 일은 아무나 못할 것 같은 생각이 들기도 했다. 말하는 사이사이에 목이 메는 순간을 볼 수 있었다. 창을 부른다고 다 국악인이라 하지 않는다. 뛰어난 국악인이 되기까지 수 백번의 담금질과 혹독한 훈련으로 만들어 낸 결과가 아니겠는가. 어린 국악인이 참으로 대견하게 보였다.

성공한 사람의 화려한 뒷면에는 피나는 노력과 아픔이 있다는 것을 알 수 있다. 피겨의 여왕 김연아는 한 동작을 위해 백번의 연습을 한다고 고백했다. 나는 그 금언 같은 말을 자주 되씹어 본다.

겨울이 지난 이른 봄에 햇양파가 채소가게에 나왔다. 잎사귀가 파랗고 싱싱한 햇양파는 보는 눈이 싱그럽다. 아직 뿌리는 야물지 않았지만 잎이 탐나서 양파 한 단을 샀다. 그러나 집에 도착하고 후회를 한다. 묵은 양파를 어떻게 할 것인가 필요할 때마다 손쉽게 들어내어 썼는데, 아직 밑엣 것은 손도 데 보지 못한 상태다.

지난 늦가을에 붉은 그물망에 꽉 찬 양파를 한 자루 샀다. 베란다에 세워두고 볼 때마다 그득한 포만감이 들었는데 어느새 자루가 홀쭉하게 비어있다. 망 속을 더듬어 쓸 만한 것을 찾아보니 몇 개가 손에 집힌다. 겉껍질이 수북한 속에는 물컹하고 고약한 냄새를 내는 것도 있다. 괜찮은 것을 골라보려고 손을 넣어 보지만 잡히는 것이 다 시원찮다. 그중에도 몇 개는 비뚜름하게 부풀어져 있다. 답답한 코르셋 속 같은 껍질 속에서 웅크린 자세로 줄기를 키우고 있는 양파를 보니 마음이 짠하다. 산다는 보장도 없는 곳에서 안간힘을 다해 촉을 키우고 있는 양파가 안스럽지만 살리지 못해 낭패스럽다. 하얀 뿌리가 콩나물 발처럼 뻗어 흙에 닿기만 하면 살겠다는 생명 본능을 본다. 잔뿌리가 고른 몇 개를 골랐다.

나는 결혼하고 시어른과 함께 살았다. 그 때 우리 집은 시골도 아니고 도회지도 아닌 어중간한 반촌이었다. 집 앞으로는 가로수 불빛이 휘황하게 밝지만, 집 뒤로 돌아가면 마당 한곳에 작은 산처럼 두엄더미가 쌓여 있었다. 염소막이 있고, 돼지우리가 있는 집은 앞과 뒤가 달라도 너무 달랐다. 짐승들의 막에서 뿜어 나오는 냄새 때문에 코를 막고 지나다녔다. 퇴근한 남편한테 냄새 때문에 머리가 아프니 저 마당에 있는 쓰레기 더미라도 치울 수 없느냐고 말했다. 남편의 난감해 하는 얼굴은 지금도 잊을 수가 없다. "저것은 쓰레기가 아니라 두엄이라고 농사에 꼭 필요한 거름이라고…" 봄이 오면 해결될 것이니 조금만 참아 보자고 했다.

어느 날, 거름더미 속에서 파란 고구마 순이 나오는 것을 보았다. 어머님이 고구마를 묻었다는 것이다. 봄이 오려면 아직 멀었는데, 두엄더미에서 아지랑이가 일고 가까이에는 따듯한 기운이 돌았다. 고구마 줄기는 하루가 다르게 쭉쭉 뻗어가며 파란 잎을 키워나갔다.

따뜻한 봄이 되니 두엄을 리어카로 실어냈다. 어머님은 고구마를 캐어 쓸 만한 줄기를 고르고 있었다. 무광이 된 고구마는 여럿 자식을 다 건사하고 늙어 쭈굴한 노구를 연상하게 했다. 바람구멍 숭숭 한 고구마는 숭덩숭덩 덩이를 내어 돼지 먹이통에 넣어 주었다.

실한 줄기를 뻗어낼 줄 알았기에 어머님의 간택을 받았던 고구마는 이제 수명을 다 했다. 하지만, 고구마는 사라져도 단맛은 살아서 대를 이어가고 있다.

잔뿌리가 고르게 올라온 묵은 양파를 유리컵에 담가 창가에 세웠다. 하루쯤 지났을때 양파는 구부린 대궁을 꼿꼿이 세우며 자리를 잡아 간다. 어떤 환경에서도 살아나려는 뿌리의 꿋꿋함이 보인다.

찬 겨울을 땅속에서 보낸 양파는 약간의 흠집에도 톡 쏘며 특유의 매운맛을 낸다. 양파를 까면 절로 눈물이 난다. 양파의 아픔과 내 아픔이 어우러져 서로 얼싸안았기 때문일 것이다.

매운 양파를 깔 때 나는 눈물을 흘린 적이 있다.

양羊젖

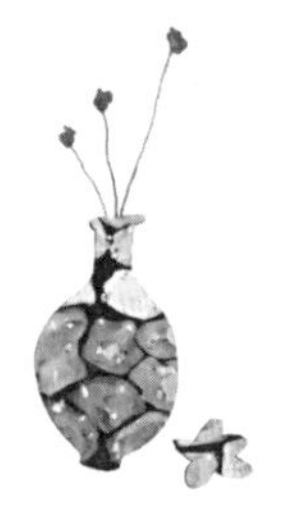

뽀얗고 하얀 원유, 양젖은 내 목마름을 채워주고 내게 약이었던 때가 있었다. 마트를 가면 우유종류는 많은데, 내가 찾는 양의 젖이라 표시된 것은 눈에 띄지 않는다. 머뭇거리다가 결국 눈에 익숙한 S 우유를 들고 나온다.

새벽잠에서 덜 깬 채 아버지를 따라 약수터를 올랐다. 아버지는 운동기구로, 나는 맨손체조를 하고 약수 물을 마시고 우리는 내려왔다. 그런데, 아버지는 다른 길로 가자고 앞장을 선 날이 있었다.

닭똥이 여기저기 흩어져 있는, 어떤 낯선 집 마당 안으로 들어섰다. 댓돌위에 작고 앙징스런 하얀 아이의 고무신이 보였다. 근처를 둘러보다가 움막에 흰 염소 두 마리 웅크리고 있는 모습을 보았다. 아버지가 인기척을 내며 누가 나오기를 기다렸다. 기다리는데 시간이 좀 걸린다싶어 "저는 먼저 내려 갈랍니다."하고 내려와 버렸다. 한참 후에 들어오신 아버지는 "내일 아침에 가기로 했다"라고 하신다 너무 완강해서 그 날은 아무런 대꾸도 못하고 말았다.

그 집 아주머니가 키우는 양의 젖을 아침마다 내가 먹기로 약속을 했다는 것이다. 아주머니는 자기 아이들을 먹이려고 키우던 염소젖이 남는다는 것을 아버지는 어떻게 아셨을까. 다만 내가 몸이 약하다는 걱정을 들은 적은 있었다. 나는 얼굴을 찡그리며 "양젖이 좋다고 해도 비위가 상해서 못 먹겠습니다" 라고 반기를 들었다. 하지만, 아버지를 이길 수 없다는 것을 잘 알고 있었다.

다음날, 아버지와 어제 가본 그 집이다. 염소도 너무 일찍 깨우니 나오지 않으려고 앞발을 뻗디뎠다. 마지못해 울 밖으로 나오는 염소는 분홍빛 굵은 힘줄이 선 커다란 젖통을 흔들고 내키지 않는다는 듯 메~~하는 소리를 낸다. 아줌마는 부엌에서 양푼이를 들고 나오더니 맨손으로 염소의 젖을 짜기 시작했다. 하얀 젖이 노란 양푼이에 찍찍 소리를 내며 떨어졌다. 이른 아침 염소젖을 먹겠다고 기다리는 내 모양이 얌체 같다는 생각이 들기도 했다. 젖통을 내 맡기고 선 염소에게 미안해서 마주 볼 수가 없었다. 양젖이 많아질수록 비릿한 냄새와 메스꺼움이 밀려 올라왔다. 나는 손으로 입을 틀어막았다. 염소는 노랗고 네모진 눈으로 나를 한번 노려보는 듯 했다. 그릇에 반쯤 찼다고 생각했을 때, 아버지는 내게 손짓했다. 나는 마지못해 다가갔다. 분홍빛 젖꼭지가 양푼이 속의 젖에 담긴 것을 보았다. 내 앞으로 내미는 그릇에 하얗고 가느린 털이 묻어 있었다. "마셔라!" 고 했다. 나는 눈을 꼭 감고 마시려 했지만 입에 머금은 순간 비린내와 누린내가 겹쳐 풀밭에 다 토하고 말았다.

집으로 돌아온 아버지는 호통을 치며 나무랐다 "몸에 좋다는데…, 다른 집에 준다는 걸 내가 사정해서 약속을 받았는데, 내일 아침에 다시 간다고 해 놨다."

아버지는 당신 생각이 옳다 싶으면 끝까지 밀고 나가는 분이셨다. 어떻게 하면 좋을까. 염소젖이 좋다고는 하지만 염소 젖꼭지를 소독도 하지 않고 맨손으로 쭉쭉 눌러 짜낸 것을 바로 먹으려니 내가 짐승 같다는 생각도 들었다. 손으로 짰다는 것이 다르지 염소 젖꼭지에 입을 대는 것과 뭐가 다른가 튼실한 젖꼭지에 입을 갖다 대는 '정글북'의 모글리가 상상되어 구역질이 났다. 남에게 줄 것이 아니라는 아버지의 뜻을 꺾어 볼 궁리에 하루 종일 머리가 아팠다.

우리 식구는 아버지 말씀을 되도록이면 거역하지 않으려고 한다. 오십대에 홀로 된 아버지는 재혼을 권하는 집안 일가에게 딸들을 다 시집보내고 재혼하겠다고 하셨다. '효자자식 보다 악처가 낫다'는 말

뜻을 모를 리 없는 아버지다. 그런 아버지께 다 큰 딸 걱정까지 하게 해서야 되겠느냐는 언니의 지청구도 들었다. '못 먹겠습니다' 라고 반기를 들다가도 내가 아버지 딸인 이상 아버지를 이길 수 없다는 것을 알고 있다. 두 언니는 이미 시집을 갔다. 셋째 딸인 내가 아버지 보기에는 제일 여리고 약하게 보여, 아버지의 걱정이 되기에 충분했던 것이다.

염소 젖에 소금을 넣어도 보고 갱엿을 잘게 쪼개 입가심으로 넣어 다니며 먹으려고 애썼다. 구역질을 하지 않고 끝까지 마시는 일이 매일 과제를 하는 듯 했다. 비가 부슬부슬 내리는 아침이었다. 골짜기의 그 집을 찾아가는 길은 미끄럽고 힘들었다. "아줌마"하고 부르는데 염소가 '메에~~~"하고 먼저 알은체 했다. 나는 아침마다 염소젖을 가로채는 염소의 새끼가 되어가고 있었다. 염소는 새끼에게 젖을 먹이듯, 편안한 자세다. 내가 먹을 것을 안다는 듯 아줌마의 손길에 젖통을 내맡기고 있다.

잘 체해서 많이 못 먹고, 비위가 약해서 가려먹고, 냄새에 민감하고 까다롭고 유별나다며 모두들 혀를 찼던 내 입맛이 양젖을 먹으면서 달라지고 있었다.

귀하지 않은 자식이 없듯이 부모의 자식사랑은 못난 자식에게 더 애착이 간다고 했던가. 부모의 마음을 그 때는 몰랐지만, 아버지에게 나는 못난 딸이었던 것이다.

양젖을 찾아 큰 마트를 둘러 보았지만 찾을 수가 없다. 귀한 양젖을 내게 몇 푼의 돈을 받고 수고롭게 내어준 그 아주머니에게 고맙다는 말을 꼭 전해 드리고 싶다. 이만큼이나마 건강을 지켜준 것이 양젖 덕분인지도 모른다.

호야

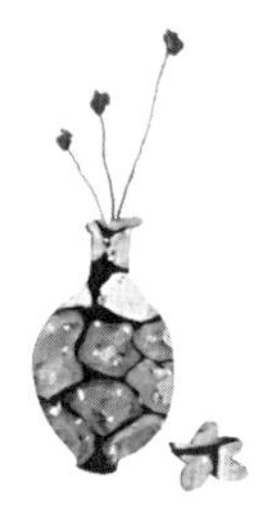

아침신문이 오려면 더 기다려야 한다. 잠에서 들 깬 눈으로 현관에 줄지어 선 화분을 바라본다. 언제 보아도 넓은 잎을 자랑하는 문주란, 그 곁으로 철쭉, 앞줄에 호접난, 자생난, 널따란 화분에 허브가 있고, 눈을 옮기다가 호야에게 멈춘다 호야가 이상하다. "뭐지" 가까이로 갔다. 살펴보니 작은 빨대크기 만한 똑같은 줄기 다섯 개가 마디에 맺혀 아래로 향해 뻗어있고 끝에는 작은 몽오리가 달려있다. "아, 꽃 인가봐, 호야가 꽃을 피우려는 것 같아" 내 소리에 꽃나무 들이 놀란 듯 잠에서 깨어난다. 몇 년을 보아왔지만 꽃대를 보기

는 처음이다,

큰아들이 새 아파트로 이사 한 후, 집들이 할 때 들어온 화분이 우리 집으로 왔다. 입이 넓은 화분에 작은 정원처럼 오밀조밀 꾸며진 것이었다. 예쁜 꽃은 더 돋보이게 받쳐주고 넓은 화분의 빈 여백은 파란 잎으로 메우며 호야는 무심한 듯 심어져 있었다,

호야라는 식물은 잎의 가장자리는 노랗고 중앙에는 초록으로 도톰하며 잎만 보아도 싫증이 나지 않는 다년생 식물이다. 어떤 꽃나무와도 잘 어울리는 안개꽃 같은 착한 나무다. 잎을 가까이서 자세히 보면 아침에 볼 때와 저녁에 볼 때 조금씩 다르게 보인다.

호야가 호위하듯 감싸고 있던 같은 화분에 다른 꽃들은 시들며 생기를 잃어 가는데, 호야는 혼자 용감해 보였다. 기둥을 세워줘도 담쟁이처럼 감고 올라 갈 줄 모르는 것 같다. 끈으로 묶어주고 길을 내주어야 그 길을 믿고 나아간다. 어쩌면 낯가림을 하는 것도 같고 도톰해서 더 씩씩하게 보이지만 앞으로 썩 나서지 못하고 머뭇거린다. 신중하고 과묵한 성격인 듯하다.

나는 과묵한 성격도 아니면서 그렇다고 앞에서 리드하는 성격도 아니다. 초등학생일 때에는 나서서 발표하고 친구들을 몰고 다니기도 했지만, 엄마가 돌아가신 이후로는 생각이 많고 염려증이 많아서 자신이 미울 때가 있다. 아이들의 보약은 부모의 절대적인 사랑이라는 것을 알았다.

호야는 벌써 우리 집에 온지 5년이 넘었다. 그런 호야가 처음 꽃봉오리를 달았다. 처음이란 말은 참 아프고 설레는 말이다. 처음은 두렵고 부끄럽고 혼란스럽다. 그러나 처음은 소중하다 빈대 쭉지 같다며 놀림 받던 내 가슴에서 어느 날, 이상신호를 보이기 시작했다. 작은 몽오리가 생기며 겉옷에 스치기만 해도 깜짝 놀랄만큼 아팠다. 나는 울상을 지으며 병원에 가야한다고 엄마를 졸랐다. 아무래도 가슴속에 혹이 생기는듯 했다. 너무 아파 죽을 것 같다고도 했었다. 내 곁에 아무도 오지 못하도록 손으로 가리고 다녔다. 그날, 엄마는 밥을 고봉으로 담아주며 다 먹으라고 했다.

호야가 처음으로 꽃을 피우려고 한다. 옹이진 도도롬한 마디에서 꽃대를 만들 때까지 얼마나 아팠을까. 눈물이 찔끔 날만큼 아팠을 것이다. 호야가 피우려는 꽃은 어떤 꽃인지 그 꽃이 활짝 필 때까지 내가 지켜보고 있어야 한다. 나는 호야의 보호자니까.

호야의 꽃을 보았다는 사람은 드물다. 좀체 꽃은 피우지 않는다고 한다. 호야의 꽃봉오리를 보면 손녀의 한복 입은 모습이 떠오른다. 머리에 쓴 아얌을 닮았다. 이마에 세 가닥으로 내려온 수실이 대롱거리며 움직일 적마다 달랑거리던 생쪽 같은 것이다. 아얌을 쓴 모습이 너무 귀여워 자꾸 손가락으로 건드려 보지만 아이는 자라고 아얌 쓴 모습을 다시 볼 수 없었다.

십 년에 한번 필까 말까 한다는 호야가 꽃을 피우려하니 분명 우리 집에 경사가 난 것이다. 나는 저녁때가 다 되도록 호야 곁에서 책을 보다가 잠시 잠이 들었다. 잠결에 소곤거리는 소리가 들렸다. 누가 내 귀에 대고 속살거리며 웃었다. 기분 좋은 소리였다. 얼른 눈을 들어 호야를 바라봤다. 언제 벌어질지 모르게 입을 꼭 다물고 있던 호야의 입 모양이 벌어져 있었다. 꽃은 작고 노란별을 닮았다. 연분홍의 꽃송이는 콜라주처럼 두텁고 투박하다. 호야의 분홍 꽃에서는 향기가 나는 듯 했다. 나는 영양제를 찾아 그 곁에 꽂아주었다.

내게 엄마가 고봉밥을 담아주실 때처럼, 엄마는 왜 내게 아무 말도 하지 않았을까. '아이에서 여자가 되어간다'고 하지 않고 엄마는 그냥 웃기만 하셨다. 그 때 내게 '언니들도 다 그렇게 컸단다' 하고 말해 주었더라면. 나만 아프다며 유난을 떨지도 않았을 것이다. 짓궂은 사촌언니한테 놀림도 덜 받았을 것인데 오직 나만 아픈 것 같았기 때문이다.

우리집 식탁 한쪽 벽면에 커다란 달력이 걸려있다. 우리 가족이 기억해야할 기념 일 부터 누구 집 잔치까지 다 적혀있다. 처음으로 꽃을 피운 호야가 대견해서 나는 또렷이 적어 놓았다. "처음 호야가 꽃을 피운 날"이라고. 이제 호야는 꽃도 피우는 꽃나무라고 표시해 두었다.

때맞춰 손녀한테서 전화가 왔다. "할머니 저요, 학교에서 백점 받았어요"한다. 말하는 아이도 듣는 나도 두 집안에 함박웃음이 난다.

호야처럼 주위를 빛내는 아이, 같이 있으면 즐거워 웃음이 나게하는 아이, 사랑스런 아이 처럼, 호야 네가 있어 더 행복하다.

고양이

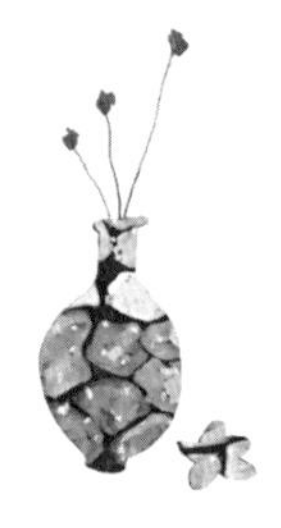

발소리도 끊긴 골목길에 고양이 울음소리가 스산하게 들렸다. 그 소리를 들으며 늦도록 책상 앞에 있었다. 지나가는 길고양인가 하고 그냥 무심했다. 그러나 지나가는 울음소리가 아닌 것 같았다. 계속해서 같은 곳에서 울고 있었다. 창문을 열어 어디서 우는 소린지 둘러 봤지만 고양이는 보이지 않았다. 가족을 잃은 고양인가 새끼를 찾는 소린가 그러다가 어디론가 갔겠지, 길고양이는 길을 다니며 먹이도 알아서 찾아먹고, 짝도 스스로 찾으며 지나다니니까, 창문을 꼭 닫으니 희미해져 잊어버렸다.

아침에 창문을 활짝 열었다. 드르륵 하는 소리에 놀란 듯 고양이 울음소리가 확 끼얹듯 들린다. 그랬는데 고양이의 울음소리가 차츰 가늘고 작게 들린다 어제의 그 소리가 아니다. 밤새도록 울었는지 목소리가 앙칼지지 않고 힘이 없다. 그래도 나는 그 소리의 진원지를 알지 못하고 외출을 했다.

집에 돌아왔어도 가까운 어딘가에 고양이가 갇혀있다는 생각이 들 정도로 똑같은 곳에서 들린다. 오후에 햇볕을 들이려고 창문을 여는데 고양이 소리가 바로 앞에서 들리고 있다. 자세히 보니 건너편 3층 건물 지붕 위, 미끄러운 난간 좁은 곳에서 고양이는 눈도 가늘게 뜨고 웅크리고 있다. 고양이와 눈이 마주치자 나는 움찔한다. “야 고양이야 거기서 뭐해? 빨리 내려와. 사람 그만 놀래키고” 왜 저기서 저러고 있는지 모르겠네, 나는 궁시렁 거리며 고양이에게 손짓을 했다. 고양이는 겨우 야옹하고 울었지만 내 귀에만 들리는지 아무도 그곳을 바라보는 사람은 없다. 아무래도 저곳에서 내려오지 못하는 모양이다. 저렇게 그냥두면 죽을지도 모르겠다고 생각이 들었다. 그러나 나는 3층 지붕 난간에서 울고 있는 고양이를 내려줄 아무 장비도 없는 방관자일 뿐이다. 안타까워하며 마음만 동동 한다. 올라갔으니 내려올 수도 있다며 손짓했지만 고양이는 움직임이 없다. 멍하게 바라보는 고양이는 한줌 밖에 안 되는 솜병아리 같다.

고양이는 예쁘지만 목에서 가랑거리는 소리는 싫다. 잔털이 날아

다니며 호흡기로 들어올 것 같은 생각에 가까이 하고 싶지 않다.

나는 고양이를 싫어하지만 둘째언니는 고양이를 좋아했다. 언니집에서 키우는 고양이 이름은 '샘보'였다. '샘보'는 노란 바탕에 검은 줄무늬가 선명하고, 동그란 눈은 맑고 노란 유리구슬 같았다. 고양이를 가만 보면 호랑이가 될 것 같았다. 하지만, 호랑이와 고양이는 같은 과의 동물이라는 점 외에는 전혀 엉뚱한 공상이다.

언니 집 고양이 샘보는 낮에는 따뜻한 마루 끝에서 낮잠만 잔다. 밤이 되면 눈을 반짝거리며 행동이 빨라진다. 내가 언니집 마루에서 잠깐 졸고 있는데, 따뜻하고 몽글한 느낌에 눈을 떴다. 샘보가 제 몸을 내 다리에 밀착해서 새근새근 낮잠을 자고 있다. 나는 밀어내지 못하고 가만히 등을 쓸어보았다. 부드럽고 따뜻한 감촉이 생각보다 좋았다. 샘보는 내가 저를 싫어하는 줄 알았을까.

샘보가 임신을 했다는 것도 언니가 먼저 알아냈다. 새끼를 가진 고양이는 움직임을 보면 알 수 있다고 한다. 높은 담을 뛰어 오르지 않으며 털은 푸석하고 윤기를 잃으며 눈은 가늘게 뜨고 가만히 누워있는 일이 더 많다고 한다. 점점 배가 부른 고양이는 눈빛이 무섭도록 날카로워서 그 눈을 일부러 피해가기도 한다는 것이다.

언니는 샘보의 출산이 가까워지자 부드러운 담요를 깔아주고 신경을 쓴다. 우유를 따듯하게 데워 가기도 하고 동정을 살피며 샘보의 산파 노릇을 자처한다. 힘들게 새끼를 낳을 때 마다 수고했다고 머리를 쓰다듬어 주기도 했다는 언니다. 다섯 마리를 낳은 샘보를 보니 배는 쑥 들어갔고 털은 부숭하며 새끼를 핥아주는 모습이 영락없는 어미의 모습이었다. 나는 고양이를 좋아하지 않지만 이때의 샘보는 불쌍하고 안스러운 마음에 '수고했다'는 말이 절로 나왔다.

저 난간의 고양이는 아직 덜 자란 새끼일 것이다. 위험이 무엇인지 모르고 올라갔다가 내려오는 길을 못 찾고 헤매고 있는 서리병아리 같아 더 마음 쓰인다. 구급대에 신고를 한지 한참만에 119대원은 내 신분을 묻고 곧 도착한다고 한다. 전화를 끊고 다시 고양이를 보니 고양이는 소리 낼 힘도 없는 것 같다. 선한 눈을 가진 고양이라 생각하니 모른 척 할 수가 없었다. 고양이를 좋아하지는 않지만, 애처롭게 우는 소리를 듣고 "조금만 기다려"하며 알아듣지도 못하는 말을 해댄다.

붉은 사인 볼을 돌리며 119대원이 나를 찾는다. 나는 고양이가 있는 3층 옥상의 난간을 가리킨다. 그 때 까지 죽은 듯 움직임이 없던 고양이가 위급한 상황이라 느꼈을까 몸을 움직인다. 잠자리뜰채를 든 대원과 긴 막대를 든 사람이 고양이를 그물망에 담으려고 살짝 건드린다. 놀란 고양이는 옆 건물 난간으로 건너뛴다. 꼼짝 못할 줄 알았는데 우물쭈물했지만 움직일 수 있었다니 놀랍다. 순간 배신감이 들었다.

옆 건물 난간으로 건너간 고양이는 다시 건너온다. 그 자리에서 빙

빙 돈다. 대원들이 계속 고양이 앞으로 뜰채를 들이대니 고양이는 미끄러지듯 1층으로 떨어져 내린다. 사람들에게 잡히느니 차라리 뛰어보자고 결심했을까, 땅에 쿵 하는 소리가 들리더니 승용차 아래로 재빨리 몸을 숨긴다. 숨죽이며 보고 있던 내가 '살았다' 하는 소리를 나도 모르게 뱉고 있었다. 내가 가슴을 쓸어내리니 대원들도 빙긋 마주 웃는다. "우리는 길고양이는 구하러 오지 않습니다. 고양이는 영물이라 스스로 잘 삽니다" 라고 한다. 수고한 대원들에게 미안하고 고마워 고개를 숙였다.

오지랖이라고 놀려도 좋다. 죽어가는 생명을 모른 척 그냥 보아 넘길 사람은 없을 것이다. 다행이 위험한 난간에서 내려왔으니 만족하다. 며칠을 굶고 비루해진 그 고양이는 다리는 부러지지 않았는지 허기진 배를 채우려면 어디선가 또 쓰레기통을 뒤져야 하겠지, 사람들의 눈을 피해 숨어 다녀도 살아라는 말을 하고 싶다. 고양이 울음소리에 짜증나는 때도 있지만, 그 소리만 듣고도 오금이 저려 자취를 감추는 쥐가 있다는 것도 알아야 한다. 쥐와 고양이 중 같이 살아야 한다면 단연 고양이를 택해야 한다고 말할 것 같다.

고양이는 올해의 마지막 마무리이듯 어디론가 꼬리를 감추며 사라졌다.

벽지

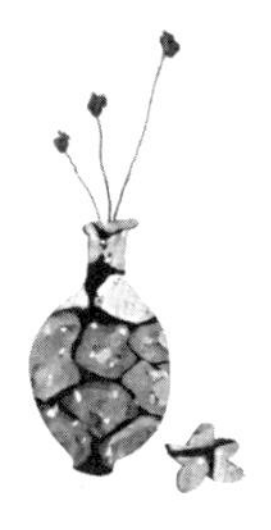

아담하고 작은 내 방, 창문을 빼고 나면 온통 나팔꽃 연속무늬의 벽지가 천장과 맞닿아 있다. 시어머님이 좋아하시던 분홍 꽃무늬를 덮고 초록 잎사귀가 선명한 벽지로 바꾼다. 방 주인도 이제 세대교체를 하려한다.

남편은 내가 원하는 대로 집 구조를 리모델링 했다. 드나들기 편하도록 방 입구를 부엌 쪽으로 내고 창문과 창틀도 갈았다. 새 집처럼 깔끔하게 도배된 방은 숲속처럼 푸르고 아늑하고 예쁘다. 도배지는 맘을 편안하게 하는 초록 잎사귀들로 줄지어져 있고 핑크빛이 선명한 커다란 장미가 바탕에 깔려 아늑함을 더하고 있다. 내가 골랐지만 잘 골랐다는 생각이다. 벽면을 보고 있으면 궁금하다. 나팔꽃 잎사귀 같기도 한데, 아이비일 것 같기도 하고 자세히 보니 집뒤에 있는 비파나무 잎 같다.

비파나무의 잎은 약으로도 쓰이지만 사철 내 푸른 잎을 자랑하며 잎은 도톰하고 투박해서 여간해서 상처를 입지 않을 것 같은 믿음직스런 구석도 있다. 겨울에 하얀 꽃을 피우고 이른 봄에 열매을 맺는 추위를 이기는 강인한 나무다.

책을 보다가, 컴퓨터 좌판을 두드리다가, 한 가지도 끝을 내지 못하고 일어서는 나를 지켜보는 눈이 있다. 누굴까. 벽지 저 너머 어둠에 가려 희미하게 보이는 모습. 내 어릴 적 선생님의 얼굴이 환하게 나타난다.

동그랗고 큰 눈으로, 화를 내며 야단을 쳐도 언제나 웃는 얼굴이셨던 선생님, 그 선생님을 좋아하지 않은 사람은 아무도 없었다. 삼촌 같고 이웃의 아저씨처럼 장난스럽지만 자상하신 선생님, 그리운 선생님, 선생님이 보고 싶다.

노盧 선생님은 내가 초등학교 4학년 때부터 6학년까지, 3년 동안 우리반 담임 선생님이셨다. 선생님은 아주 멋쟁이로 학교에서도 소문이 날 만큼 미남이셨다.

수학여행을 다녀왔을 때, 모두들 집에 빨리 가고 싶어 안달을 하는데, 우리는 종례가 빨리 끝나기를 기다리며 선생님만 쳐다보고 있었다. 선생님이 말씀하셨다. "모두들 집에 가서 오늘은 푹 쉬고, 수학여행 기행문을 한 편씩 월요일 까지 써 오도록 알았나!" 우리는 작은 소리로 예~~~하고 대답하면서도 입을 삐죽였다. "푹 쉬라고 하면서 숙제를 내주면 쉬지 못 하잖아요". 볼멘소리가 여기저기서 터져 나왔지만, 선생님은 못 들은 척 해산시켰다.

월요일, 숙제를 해 온 사람은 모두 선생님 책상위에 내놓으라고 하셨다. 나도 숙제한 공책을 선생님 책상에 다른 애들 공책과 함께 얹어놓고 자리에 앉았다. 쉬는 시간에 선생님은 당번인 내게 숙제 해 온 것들을 들고 교무실로 따라오라고 하셨다. 나는 선생님의 뒤를 따라 교무실에 들어갔다. 원고지에 써온 친구도 있고 노트에 써 온 친구도 많았다. 선생님은 내 숙제를 찾아라고 하셨다. 나는 내 노트를 꺼냈다. 한참을 보시더니 "글은 누가 볼지 알 수 없으니 원고지에 또박또박 쓰는 것이 예의인줄 모르느냐" 선생님이 그렇게 화를 내는 모습은 처음 보았다. '노트에 쓰지 말라'고는 안 하셨잖아요, 하는 말을 꾹 참고 교무실을 나왔다. 선생님이 이상했다. 다른 애들도 다 노트에 숙제를 해 왔는데 나만 야단을 쳤다. 선생님이 나를 미워한다고 생각하니 더 서러워 눈물이 뚝뚝 흘렀다. 다시 쓰려하니 글까지 비뚤비뚤 마음에 안 들었다. 몇 번을 원고지를 버리고 다시 썼다. 그렇게 쓴 내 글이 교내 글짓기 대회에서 상을 받았다. 교감선생님의 호명을 받고, 전교생이 다 보는 교단으로 올라가는데 가슴이 콩콩 뛰었다. 상장을 들고 우리 선생님한테로 가서 꾸벅 인사했다. 선생님은 아무 말도 없이 내 이마를 꾹 눌러 주셨다. 바른 글쓰기를 가르쳐 주신 선생님을 지금도 잊을 수 없다.

친구들과 함께 선생님 댁에 갔을 때, 한쪽 벽면을 가득 채운 많은 책을 보았다 "선생님, 이렇게 많은 책을 다 보셨어요" 하고 물었는데, "책은 적어도 세 번 정도는 읽어야 머리에 뭐가 남아도 남는다" 라고 하셨다. 그 선생님이 요즘 내 책상 앞으로 뚜벅뚜벅 걸어오시는 것 같다. 책 한권을 최소한 세 번씩이나 읽는다는 선생님, 나는 한 번도 그렇게는 읽어보지 않았다. 참고서처럼 무시로 찾아보는 책이 아닌 다음에야, 선생님은 알고 계신 것이다. '얼마나 읽었는지 써 온 글을 보면 다 알지' 하시는 것 같았다. 이제 선생님은 이 세상에 안 계신다.

오래 컴퓨터에 앉아 있어도 맘에 드는 문장이 떠오르지 않을 때, 나는 선생님이 그립고 보고 싶어진다. 시집간 딸이 느닷없이 전화를 해서 '엄마가 보고 싶어' 하며 울먹일 때처럼, 벽지 너머 기억의 한 편에서 나를 지켜보고 계실 것만 같은 선생님, 지금 선생님을 만난다면 '글 그만 쓰고 놀고 싶어요' 하고 어리광이라도 부리고 싶다. 선생님은 웃으실 것이다. 그러나 또 아프게 꿀밤을 날리겠지만….

참새처럼 종일 재잘거림이 들리는 학교 담 벼랑에 담쟁이 잎이 파랗게 덮여있다. 담쟁이는 잔 발톱이 있어 높은 벽도 잘 올라간다.

비파 나뭇잎은 높은 벽을 오르지 못하지만, 가만히 귀기울이면 은은하고 고운 비파소리가 난다. 어릴적 선생님과 같이 불렀던 허밍이 들리는 것 같다.

새벽안개

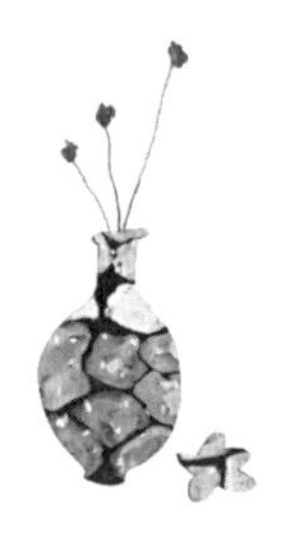

여름날은 아침이 빨리 온다. 등산화를 신고 뒷산을 오른다. 비가 올 듯 온 산은 안개에 자욱하다. 아직 사람들은 보이지 않는다. 너무 일찍 집을 나섰는지 조금은 무섭기도 하다. 가만히 서 있는 나무가 마치 앞서가던 사람이 멈춰선 것 같아 발걸음이 더디다. 매일 오르는 산이지만, 오늘 따라 내 마음을 나타내라면 이런 안개속이 아닐까 하는 생각에 발아래 밟히는 나무뿌리에도 신경이 갔다.

건강검진을 하라고 보험공단에서 안내서를 보내왔다. 차일피일 미루다가 날을 잡아 병원을 갔다. 대장내시경은 일주일 전에 했기에

별 소견이 없다고 나왔는데, 위내시경, 혈액검사 흉부 X레이, 가슴 촬영 골밀도 검사, 갑상선 초음파 김사받느라 긴장했는지 몸은 녹초가 된다. 전날 밤부터 입에 물도 안 댔으니 입안이 마르고 몸에 남은 힘은 다 빠져 나간 듯하다. 검사를 하고 바로 나오는 결과는 보고 가는 것이 맞다 싶어 기다렸다. 대기실에서 간호사가 내 이름을 불렀을 때, 드디어 내 차례가 왔구나하며 초연해진다. 의사 앞에 앉으니 떨리고 불안한 마음에 의사의 입만 쳐다보게 된다. 초음파 화면을 열심히 들여다보던 의사가 갑상샘에 이상 징후가 보인다고 한다. 내 얼굴이 노래졌다. 의사는 굳어진 내 얼굴을 보았을까 "미리 걱정하지 마세요" 라고 한다. 이미 걱정을 안겨줘 놓고 하는 말이다. 소견서와 초음파 사진을 CD에 복사해 줄테니 큰 병원에서 정밀검사를 하라고 한다. 모양이 아주 못되게 생겼으니 의심이 간다며.

지난날 D 병원 부인과 병동에 입원했던 적도 있다. 피부병으로 왔었고, 이비인후과에도 기록이 있어, 내 차트는 다른 사람보다도 두꺼울 것인데 또 병원을 찾게 되는구나. 발걸음이 절로 무겁다.

D 병원에 예약을 했다. 환자가 밀려 일주일을 기다려 조직검사를 할 수 있었다. 결과를 보려면 일주일이 또 걸린다. 초조하게 나날을 보내며 갑상선에 관한 서적을 뒤져보고, 인터넷을 찾아봐도 갑상선 암은 모두 간단하다고 적혀 있다. 다른 암에 비하면 착한 암이라는 말들도 있다. "착한 암이란 어떤 것인가요?" 하고 의사에게 물어 보

았다. 다른 곳으로 전이가 안 되는 유일한 암이고만 한다.

갑상선 암으로 양쪽의 갑상샘을 모두 떼어낸 지인이 있다. 방사선 치료를 하는 3개월 동안은 격리치료를 한다고 했다. 최소 3주 이상은 자기 몸에서 방사선이 나오기 때문에 아무도 가까이 할 수 없다고 한다. 어쩌면 나도 그런 일을 겪어야 할지 모르겠다고 생각하니 온 몸에 힘이 빠진다. 어떤 말로 위로를 해도 암이라 하면 공포 그 자체다. 만약 내가 암이라면 이겨내야 한다는 생각이 들었다. 오히려 마음이 평안해지는 것 같기도 했다. '인명은 제천이다'라는 말도 생각난다. 띄엄띄엄 다니던 요가를 빠지지 않으려고 안간힘을 쓴다. 뒷산은 더 열심히 다니며 할 수 있는 운동은 다 찾아했다. 요즘 시쳇말로 '쫄인다'하는 표현이 이럴 것이다.

의사에게 결과를 들으러 가는 일은 죄인이 판정을 받으러 가는 것과 다르지 않다. 마음을 편하게 가지자고 생각은 하지만 긴장하고 있다는 표시가 역력 하다. 죄도 짓지 않았는데 죄인 같은 마음이다. 의사를 만나러 가는 날, 아침밥을 챙겨먹고 따라나서는 남편에게 혼자 가겠다고, 결과가 나오는 데로 전화 할 테니 염려 말라고 큰소리 치며 씩씩한 척 했다.

정해진 시간보다 먼저 도착했다. 대기실 의자에서 사람들의 목을 살폈다. 갑상선 암을 수술한 사람은 목에 수술자국이 있겠다 싶어서다. 목주름이 없으면 좋겠지만, 수술흔적인지 주름살인지 대부분의 여자들은 목주름이 있어서 분간할 수가 없었다. 수술을 해도 나이 들어 생긴 주름쯤으로 보이면 그건 괜찮겠다는 생각도 해본다.

의사는 약속 시간보다 늦게 나왔다. 나이 지긋한 의사는 차트를 열심히 들여다본다. 나는 침을 꼴깍 소리나게 삼키며 의사의 표정을 살폈다. 한참 만에 의사는 "초음파, 피검사, 다 보아도 암은 아니고, 크기도 아주 작은 1센티 미만이고, 한 6개월 후 그때 다시 봅시다." 하며 고개를 들어 나를 본다. 휴~~나도 모르게 안도의 숨을 쉬었다. "선생님, 암은 아닙니까" 하얀 백발의 의사는 미소를 지으며 "걱정 많이 하셨군요" 라고 한다. "예, 일주일 동안 살얼음판 같은 날이었어요" 의사의 웃는 모습에 정감이 간다고 느꼈다. 간을 졸이며 떨었던 생각들이 순식간에 사라진다.

밝은 햇살 속으로 걸어 나온다. '암이 아니래요! 다행히!' 누구에게도 아닌 나에게 중얼거렸다. 결과는 좋은 쪽인데 어째서 다리에 힘이 풀리는지 모를 일이다. 혹, 나쁜 결과를 기다리기라도 했던가. 그럴리가 하지만, 이미 싸움을 걸어왔다면 이겨야 한다는 각오를 몸이 먼저 알고 있었던 것 같다. 긴장이 풀어지니 갑자기 할 일이 없어진 사람처럼 무료해진다.

아침에는 안개 자욱한 산길을 조바심 내며 걸었다. 병원으로 들어올 때도 하늘은 보지 못했다. 진료실을 나오니 안개 걷힌 시원한 하늘이 보인다. '사람은 무엇으로 사는가'하는 말이 머릿속을 맴돈다.

살만한 세상이라는 것은 또 어떤 것인가. 하늘에 하얀 구름 꽃이 참 예쁘다. 발걸음이 한결 가볍다. 편안하다.

제3부

나무에 기대어

나무에 기대어

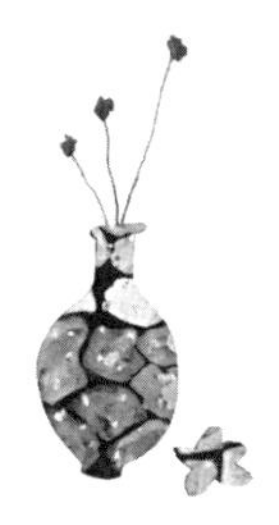

약수터를 오르다가 한숨 돌려야 하는 곳에 이른다. 나란히 선 '부부나무'에 잠시 등을 기댄다. 두 아름으로 잡히지 않는 굵은 몸통은 하나가 아니다. 똑같은 자리에서 나란히 붙어선 부부나무다. 부부나무는 본래가 둘이었다는 것을 알려주는 듯 내 손이 들어갈 만큼 틈을 보이고 있다. 이 나무부부도 갱년기가 있었을까 마주보아도 무감각하다는 그런 시기인가, 자세히 보면 밑둥은 붙어있는 듯 틈이 없는데 허리만큼 올라와서는 확연히 두 그루인 것이 드러나고 있다.

부부라고 다 끝까지 다정하기만 할까 잠시도 궁금해 못 살 것 같았던 부부도 어느새 덤덤한 사이가 되는 것 같다. 더러는 나이가 들어 오순도순 정다워 보이는 부부도 있긴 하지만, 내가 본 대부분의 부부는 비슷한 모습이다. 덤덤한 듯 무심한 듯 남남인가 하다 보면 분위기가 똑같이 닮아있다. 더 유심히 보면 알사탕 하나라도 은근히 챙기는 모습에서 부부라는 관계를 짐작 할 수 있다.

그녀는 결혼을 유별나게 했다. 그 사람이 아니면 죽을 것 같다며 세상이 두 쪽 나도 "결혼 해야겠다"고 매달렸다. 그랬는데 머리 희끗한 어느 날이다. 지금도 죽을 만큼 그 사람이 좋으냐고 내가 그녀에게 물었을 때 피식하고 웃었다. 그렇다 아니다라는 바른 대답을 못한다. 바보스런 질문이다.

사랑할 때는 오직 사랑만 눈에 보인다. 목구멍이 다 보이도록 하품을 해도 매력으로 보일 때는 사랑할 때다. 세상에서 나만 사랑할 것이라 착각 할 때는 눈에 명태껍질이 씌였다 할 때다. 남 녀 간의 사랑도 감정의 한 부분인데 변할 수 있다는 것을 예견했어야 한다. 사랑이 무디어져 관심까지 식을 즈음에는 전부가 못마땅하고 미운 구석만 보인다. 감정은 변한다는 것을 알면서 결혼은 해야 옳은 것인가.

요즘은, 여자들이 결혼을 더 많이 기피한다고 한다. 그래서 혼술, 혼밥이 유행처럼 번지고, 혼자서 필요한 소규모의 가전제품까지 인기리에 팔리고 있다. 강변길을 걷다보면 강아지를 애기처럼 안고 다니는 여자도 있다. 강아지의 목줄을 잡고 가는 남자중에는 힘센 애견에게 끌리듯 지나가는 남자도 보인다. 마치 마누라에 의해, 마누라의 뜻을 좇아 이끌리는 남편을 보는 것 같은 마음이 들기도 한다. 하지만 결혼을 해야 끌려가던 손잡고 같이 가든 할 것이 아닌가. 젊은이들은 결혼도 선택이고 아기도 생기면 낳고 아니면 그냥 편하게 산다는 생각들을 하는 것 같다. 사람은 누구나 관심의 대상이 필요하다. 남자든, 여자든, 아이가 있으면 좋겠지만 상대방에게 자신을 맞추기 싫어 결혼도 기피하는 현실이다. 그도 저도 아닌 사람은 반려견이라며 애완동물을 껴안고 다니는 새로운 풍경이 생긴 것이다.

잘나가던 직장에서 정년을 하고, 집 지킴이를 자처한 왕고수가 있다. 처음에는 '내가 집안일을 다 할 테니 맘대로 외출도 하고 친구도 만나고 다 하라'고 큰소리 쳤다. 얼마 지나지 않아 '여행은 나랑 만 가자'고 했단다. 한 사람은 '여행은 걷고 고생스러울수록 기억에 남는다' 하고, 또 한 사람은 다 갖춘 황제여행을 고집하며 삐걱거리더니 둘이서 가는 여행은 포기하고 말았다고 한다.

"음식에 성의를 보이지 않는다"라고 잔소리를 시작하더니, 외출은 왜 그렇게 잦느냐, 귀가가 너무 늦네, 또 나가냐? 등이다. 얼마나 많이 쌓아둔 말인지 묻기가 바쁘게 속사포처럼 내 놓는다. 결혼하게 해 달라고 졸라대던 그 때 그 사람이 아니냐고 물었다. "처음부터 그런 사람이었으면 결혼 안 했지" 한다. 어이가 없어 웃고 넘길 일이지만 그렇구나 할 수밖에. 그래서 어떻게 했는데 했더니 “마누라가 마음에 안 들면 바꾸면 되겠네” 라고 말해 주었다고 한다.

산길을 혼자 걷다가 낯선 사람을 만나면 괜히 긴장되고 움츠려진다. 길을 다 내려가기 전에 아는 사람이라도 한사람 나타나 주기를 바란 적이 있다. 내 앞을 저만치 떨어져서 한 번씩 돌아보며 기다려주는 사람이 있다. 남편이다. 좁은 산길에서 혼자라면 걸음을 빨리 하겠지만 동행이 있어 여유롭다.

좁은 길 어디쯤에서 향긋한 냄새가 난다. 걸음을 멈추고 올려다본다. 노랗게 익은 살구나무가 곁에 있다. 단내를 맡은 검은 개미들이 나무둥치에 줄지어 올라가고 있다. 숲속 키 작은 나무들은 날마다 저들끼리 세력을 넓히고 있다. 각 성받이는 들어오지 못하도록 끼리끼리 어울리는 집성촌을 보는 듯하다.

주위를 둘러보며 여유를 부리는 것도 남편이 있어 무섭지 않다. 남편은 말 그대로 남의 편이라 한다. 하지만 남의 편이라도 내 말에 귀 기울이고 들어주는 가까운 남의 편은 결국 내편인 셈이다. 그런데, 언제부턴가 남편은 달라지고 있다. 아이처럼 엄살이 많아진 것이다. 모든 관심을 자기에게 집중하기를 바란다.

감기가 걸려도 혼자 앓는 법이 없다. 같이 아파하기를 기다리며 끙끙거린다. 가까운 병원을 가는데도 보호자로 따라가야 마지못해 나선다. 링거를 맞는 것도 싫어 한다. 다시 어린 아들을 키우는 느낌이다. 나는 감기 특효약을 알고 있다. 내가 만든 특효약을 식구들은 좋아한다. 생강과 모과와 귤피를 한줌씩 넣어 정성들여 끓인다. 노르스름하고 향긋한 귤피차는 꿀을 한 순갈 넣어 달달하고 따끈하게 수시로 마시게 한다. 목감기에 좋고 가래를 삭인다고 식구들이 감기기가 있을 때는 꼭 끓이는 것이다.

찹쌀가루로 새알심을 만들고 당신이 좋아하는 팥죽을 끓인다. 귤피차를 마시게 하고 외출도 자제하며 신경을 집중한다. '당신은 감기쯤은 문제없을 거예요' 하면서, 남편은 덩치 큰 아이처럼, 더 많은 관심을 기대해서 웃음이 나기도 한다. 내가 남편 편이라는 것을 감기도 알았을까 감기는 금방 물러날 것 같다.

산에서는 나무에 기대듯, 집에서도 내가 기댈 든든한 남편나무를 기대하면서.

선유도에서

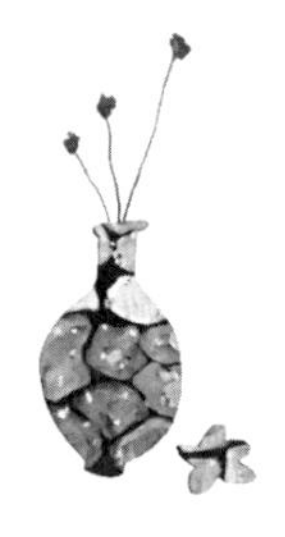

신선이 놀았다는 아름다운 섬 선유도. '선유도'의 옛 이름은 고군산도라 했다. 선유도를 가기위해 새벽 4시에 집을 나서야 했다. 신새벽이라 가로등도 조는지 희미하다. 내 발걸음에 놀란 고양이가 승용차 밑으로 몸을 감춘다.

얼마나 아름다우면 신선이 놀았을까. 여행은 언제나 마음 설레는 일이다. '못 가본 곳이 더 아름답다'고 했다. 이름난 곳이지만 정작 가본 적이 없고, 이틀 동안 여행할 코스를 하루에 본다 생각하니 마음이 벌써 힘드는 것 같다. 버스 출발지와 너무 멀어 난감한데, 마침

유선생 딸이 태워다 주었다. 너무 이른 시간이라 지각하는 사람도 있겠지 생각했다. 그러나 사람들은 출발 시간을 잘 지켰다.

밤에는 비가 오는 것 같았는데 잠시 그쳤다가 다시 빗방울이 유리창에 빗금을 치고 있다. 모두들 조용히 눈을 감은 사이로 운전대를 잡은 아저씨만 믿는다며 나도 눈을 감았다.

우리가 첫배를 탈시간은 오전 아홉시라 했다. 배시간을 맞추려면 서둘지 않을 수가 없을 것이다. 잠시 졸았다 생각하는 사이 군산항 선착장에 도착했다. 배를 타기 전에 안전운행을 위한 점검이라 일일이 본인 확인을 하니 오히려 안심이 된다. 우리를 태운 유람선은 말로만 듣던 선유도를 향해 달린다.

섬이 가까워지자 새로운 경험을 기대하는 아이처럼 눈이 반짝반짝 빛난다. 선유도에 닿자마다 짭쪼롬한 갯내가 스믈스믈 다가오며 외지 손님을 반긴다. '알로 하와이'가 떠오른다. 야자잎으로 중요 부분만 가린 원주민이 춤으로 손님을 반기는 모습처럼 선유도에서는 냄새로 반기는 모습이리라. 그 냄새는 물미역 냄새 같기도 하고, 바다톳 냄새와도 닮았다. 자갈치 시장에서 맡아 보았던 냄새와 닮아 낯설지 않다. 섬 특유의 물비린내 같은데, 아무도 그 냄새가 싫다고 마스크를 쓰는 사람은 없었다.

오후 4시 배를 탈 때 까지 선유도를 마음껏 둘러보고 즐기라는 설명이 있었다. 일행들은 방학을 맞은 아이들처럼 즐거워한다. 바닷물이 만들어 논 주름진 층층무늬 모래 위를 사뿐사뿐 걸어도 본다. 맨발로 걸어도 빠지지 않을 만큼 모래밭은 단단하다.

하늘에 걸린 스카이라인에 대롱거리며 매달려 내려오는 사람이 있다. 비명을 지르며 머리위로 지나간다. 파란 하늘과 푸른 바닷물 사이 빈 공간, 줄 하나에 대롱 거리며 내려오는 모습만 봐도 가슴이 서늘하다. 이곳의 스카이라인은 우리나라 바다 스카이라인 중에 제일 길다는 700m라고 자랑한다.

명사십리란 팻말을 따라 하얗게 펼쳐진 모래 길을 걷는다. 길이 끝나는 그 곳을 향해 각자 생각에 젖어 걷는 모습은 묵언 수행중인 사람들 같기도 하다. 바닷물이 물러가면서 단단하게 다져 논 모래는 운동화속으로 넘쳐 들어오지 않아 좋았다. 모래밭에는 간혹 조개껍질이 하얗게 등을 보이며 얼굴을 묻고 있다. 스카이라인이 설치된 높은 기둥에 홍합들이 새까맣게 붙어있다. 한 개라도 떼어 보려고 용을 써 보지만, 홍합은 죽을 힘을 다해 붙어 있어 끄떡도 않는다. 들물 일 때는 높은 기둥이 반은 잠긴다는데 조수간만의 차이가 과연 얼만지 짐작이 간다.

앞서가던 김 선생이 비명을 질렀다. 무슨 일인가 하고 모두 달려간다. 김 선생이 모래 늪에 빠졌다는 것이다. 잘 다져진 모래는 신발에도 들어오지 않았는데, 늪이 있다는 사실이 놀랍다. 다리를 빼내려고 움직이면 더 깊이 빠져드는 성질은 그대로 늪이라는 것을 보여

주고 있다. 짠물인데 얼마나 찝찝할까 차가운 물에 내가 빠진 듯 어깨가 움츠려 진다. 여럿이 힘을 합쳐 구출하듯 빠져나왔지만, 바닷물에 외투까지 젖어버렸다. 이런 곳에 위험표시를 해 두지 않은 것이 이상했다. 둘러보니 팻말이 저쪽에 나뒹굴고 있다. 바닷물이 나가면서 멀리 밀어버린 듯하다. 운수가 나빴다고 위로를 해 본다. 괜찮다고 태연한 듯 했지만, 김 선생의 기분은 말이 아니었을 것이다. 두고두고 선유도의 기억을 지울 수 없을 듯하다. 어떤 위험도 당한 후에 주의하라는 표시를 볼 수 있다는 것이 참 아이러니하다. 바닷물에 젖은 바지와 외투 자락은 눅진하면서 간이 배어 말려도 희끗한 표시를 내고 있었다.

여행은 걷기위해 길을 나서는 것 같다. 일전에도 안동을 여행했는데, 오늘도 다리가 무딜 만큼 걷고 있다. 우리들은 다시 아담하고 예쁜 아치형의 빨간 난간 위에 섰다. 다리아래 검푸른 바닷물이 바위벽에 튕기며 물방울을 솟구치고 있다. 섬과 섬은 가깝게 연결되어 있지만 둘 사이는 골이 깊어 보인다.

산은 높을수록 골짜기도 깊어 메아리라는 산울림이 있는데, 두 섬 사이에 어떤 울림이라도 있는 것일까, 사람들은 두 섬이 서로 끌어당겨 하나로 모아졌으면 하겠지만 두 섬은 서로 밀어내기를 하는 것도 같다. 빨갛고 예쁜 다리 아래로 푸른 물이 자유롭게 드나들며 신비로움을 더하고 있기 때문이다.

다리를 지나 장자도에 들어서니 멸치젓국 익는 구수한 냄새가 난다. 여느 어촌과 다름없는 고기 잡고 젓갈 담그는 사람 사는 냄새를 풍기고 있다. 장자도에 가면 건너의 무인도를 잘 보라는 말을 들었다. 장자도의 높은 산에는 갈 수 없어 다리의 난간에서 조금이라도 더 멀리 보려고 애써본다. 보물찾기를 하듯 흩어져 있는 무인도를 보는데, 그 모양이 예사롭지가 않다. 물에 누워있는 여자의 형상이라고 했다.

정말 그렇게 보니 그런 것 같았다. 여자가 머리를 길게 펼치고 하늘을 향해 누워 있는 모양으로 보인다. 오똑한 콧날과 가슴의 곡선과 허리의 잘록한 부분까지 분명 여자를 닮았다. 신선이 놀았다는 선유도, 그 때 한 신선이 하늘로 오르지 못하고, 바다에 누워 무인도가 되지는 않았는지 모를 일이다. 옹기종기 사이좋게 마주한 무인도는, 보는 사람의 생각에 따라 마을을 이루고 있는 집성촌 같게도 보이기도 하고, 누워있는 여자로 보이기도 한다.

머지않아 새 만금 공사가 완공된다고 한다. 사람들은 선유도를 편하게 다녀 올 수 있을 것이라 좋아들 한다. 하지만, 쉽게 오갈 수 있으면 또 빠르게 상업화로 변하지 않을까 염려되는 것도 사실이다. 우리는 두 발로 어디든 간다. 걸어서 갈 수 없는 곳이 있다면 물위가 유일할 것이다. 일탈을 꿈꾸며 새로운 사유를 찾아보는 여행은 배를 타고 선유도로 가 볼 일이다.

출발 시간에 맞춰 우리는 다시 돌아오는 배에 올랐다. 물살을 가르며 처음으로 돌아가는 배의 고물에 하얀 물거품이 따라오고 있었다.

우체국 가는 길

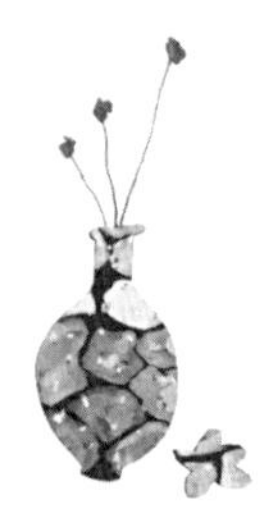

빨간 우체통이 허수아비처럼 서 있다. 속이 비어있는 우체통은 종일 허기져 보인다. 언제부터 서 있었는지 모르지만, 흔하게 볼 수 없던 제비가 여기 우체통 위에서 볼 수 있다. 제비 그림이 있어 편지통인지 알겠지만 사람들은 우체국으로 바로 들어가 버린다. 아무도 거들떠보지 않는 우체통은 우체국이 여기 있다는 알림이가 되어 버렸다. 빨간 우체통은 공중전화부스와 전봇대와 나란하다. 거리에 차들도 사람도 다 잠든 밤에 우체국을 마주한 우체통은 서서 자는 노숙자이다. 언제까지나 붙박은 저들은 이 동네를 지키는 파수꾼 같다.

가끔 아이들이 하굣길에 손으로 툭툭 두드리며 지나가고, 하루종일 하얀 편지 봉투를 넣어주는 사람은 보이지 않는다. 그 곁에 공중전화 부스가 짝지처럼 나란히 서 있다. 가뜩이나 손전화 때문에 할 일이 없어진 공중전화는 밤이 무섭다. 취한 사람이 늦은 밤 화장실인양 실례를 해서 청소하는 아저씨가 울화통을 터뜨리는 것을 보았다. 나는 옛 정이라도 있는 사람처럼 빨간 우체통 곁을 지날 적에는 하이파이브를 한다. 내가 손가락으로 두들겨 튕기면 놀란 듯 우체통은 눈을 반짝 뜬다. 하지만 그 입에 넣어줄 편지가 없는 나는 우체국으로 서둘러 들어가고 만다.

우체통을 볼 때마다 편지를 쓰고 싶다. 못 만나서 그리운 누군가에게 꼭꼭 눌러쓴 편지 한통 보내고 싶어진다.'유치환'의 『사랑했으므로 행복하였네라』는 우체국에서 쓴 연서다. 흉내라도 내어보고 싶지만, 부칠곳이 없다는 변명을 한다. 우체통은 사람마다 들고 다니는 똑똑한 손전화가 얄밉다고 말한다. 공중전화부스와 합창이라도 하는 것 같다.

아이들이 초등학생일 때다. 우연히 라디오의 여성시대라는 프로에서 '신춘여성편지 쑈'라는 것을 듣게 되었다. 동생이 먼저 듣고 전화를 해왔다. "언니, 우리 둘이 편지 한번 보내보자. 아무도 모르게 우리만 아는 일인데, 어때"

"그래, 우리 서울구경 가자"하고 의견이 맞았으니 잘 써서 뽑혀보

자며 그날부터 글 쓰는 일에 집중했다. 일상에서의 탈출이 이루어질것인지, 꿈으로 사라지고 말 것인지. 잠시 집을 비운다고 무슨 일이 일어날까 글을 쓰면서도 마음은 벌써 서울을 향해 달리고 있었다.

우리는 각기 다른 주제로 편지를 썼다. 글을 쓴다는 자체는 좋아하지만, 일기를 쓰거나 가계부를 쓰는 일 말고는 처음 있는 일이었다. 더구나 주제에 맞는 글쓰기는 처음이라 망서려 지기도 했다. 거기에 손 글씨라야 된다고 하여 걱정이 컸다. 원고지에 또박또박 쓰고 지우고, 고치고 어느새 마감 날이 코앞에 다가왔다. 문법이나 맞춤법이 틀리지는 않았는지, 염려스러운 곳이 있었지만, 더 머뭇거릴 수가 없었다.

원고지를 넣은 봉투는 제법 배가 불룩했다. 우체국이 저 만치 보였다. 몰래 무언가를 꾸미는 사람처럼 가슴이 두근거리기도 했다. 주소가 맞는지 몇 번이나 확인을 하고 접수를 했다. 글을 보내고 나니 차라리 홀가분한 심정이었다. 전화가 올 것인지 그냥 끝나고 말 것인지 외출도 하지 않고 소식을 기다렸다. 드디어 "편지 쇼에 당신을 초대 합니다"하는 전화를 받았다. 내 이름을 확인하고 '나'를 초대한다는 그 말에 다시 이십대로 돌아간 듯 흥분되기도 했다.

동생과 둘 다 글이 뽑혔다. 서울 양재동이 집결지였다. 전국 각지에서 올라 온 사람들이 공원에 가득한 것 같다. 일상을 탈출해 보고 싶은 주부들이 이렇게 많다는 것에 놀랐다. 열 대의 버스로 간 곳은 용인 에버랜드 행사장이었다. 진행자가 "여러분들이 이 세대를 지탱하는 힘입니다"라며 칭찬했다. 모든 가사 일에서 오늘 만큼은 위대한 당신들에게 "해방"을 주겠다고 해서 우리는 손뼉을 치며 환호 했다. 유명가수들은 노래와 춤으로 축제분위기를 만들고, 에버랜드의 통나무집, 모닥불의 캠프파이어, 손숙씨와 정한용 씨와의 만남, 모든 것이 즐겁고 행복했다.

밤은 깊어 형광불빛은 모두 꺼지고 나눠 쥔 촛불과 모닥불만 타고 있었다. 바다 속같이 검푸른 하늘에는 작은 별들이 윙크하듯 깜빡인다. 모닥불 빛도 도깨비처럼 우리들의 키를 키웠다가 줄이기도 하고 장난치고 있었다. "나는 누군가"하는 주제를 주었다. 축제분위기에 고조되어 붉어진 얼굴들은 일렁이는 촛불을 마주하며 마음을 모았다. 자아를 찾는 일은 정답이 따로 없었다 '내 가족을 위한 시간에 나는 행복 했었나'하고 되돌아보는 시간이었다. 가정은 내가 가꾸고 지켜야 할 나의정원이라는 것이다. 마음처럼 촛불도 일렁이었다.

가족의 행복을 원하면서 정작 나는 행복하지 않다고 생각한 적이 있다. 밥하고 빨래하고, 또 밥하고 빨래하고, 변함 없는 나날의 연속이 지루하다 못해 지겹다는 생각도 했었다. 생각을 바꿔야 행복이 보인다고 한다. 자성의 시간이다."이 감정을 그대로 살려 방으로 가는 즉시 가족에게 편지를 쓴다"는 과제를 넘겨준다. '당신들이 집에

도착하는 날 편지도 주인을 찾아 갈 것입니다' 하면서. 방으로 돌아온 사람들은 편지지를 펼치고 있었다. 첫 머리에 얄밉다던 남편 이름이 제일 먼저 눈에 띄었다. 누구랄 것도 없이 남편 바라기를 하고 있는 자신들을 돌아보며 다시 웃음보가 터졌다.

우체국 가는 길은 누군가에게 내 존재를 알리는 일이다. 사람들은 편지를 보내는 대신, 박스를 들고 우체국에 가는 일이 더 많다. 멀리 있는 자식과 친척에게 정을 담아 보내는 모습이다. 과거보다 정이 더 많아진 때문일까, 보내는 정이 이만큼 무겁다는 표현일까, 우체국은 이제 전보치고 편지 부치던 조용한 우체국이 아니다. 맛을 보내고 있는 우체국은 발 빠른 이웃의 담 역할을 하고 있다.

매실꽃이 하얗게 폈다고 사진을 보낸 날이 엊그제 같은데, 파랗게 달려있는 매실을 보며 받아보고 좋아한 그 사람을 먼저 생각한다. 이제 그만 보내라고 손 사례를 치지만, 내가 보낸 매실이 참 좋다는 그 말에 나는 다음에 또 우체국을 찾을 것 같다.

우체국 가는 길은 반가운 얼굴을 떠올리는 설레는 길이다.

약속

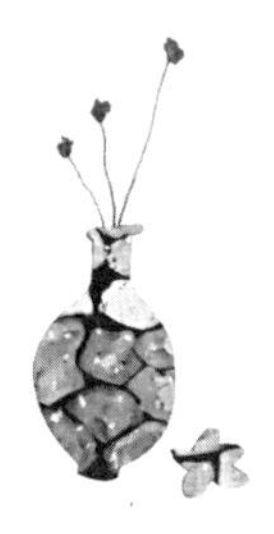

울긋불긋한 토함산은 홍역을 앓는 환자 같다. 하늘을 보니 구름도 목화송이 같은 꽃그림을 그리고 있다. 가을 산을 그리려면 물감을 군데군데 뿌려 놓고 나무둥치만 그리면 아름답고 고운 산은 그려질 것 같다. 머리 위로 배낭 위로 떨어지는 노랗고 빨간 단풍잎은 나무가 피운 꽃이다. 나무를 위해 혼신을 다한 그 열정의 끝맺음이라 단풍은 더 아름답게 보인다.

11월의 두 번째 토요일 경주 토함산 석굴암에서 불국사로 내려오는 둘레 길은 생강처럼 흐르는 굽은 길이었다. 단풍든 토함산을 '반

고흐'가 화폭에 그린다면 물감을 흩뿌리고 나무 둥치만 그리지 않았을까 싶다. 현란한 불꽃같은 그림을 그리며 측두엽 기능장애를 앓았던 '반 고흐'가 불국사의 앞마당을 거니는 상상에 젖는다. 뻗어 올린 광기는 사그라지고 아마도 정신병원에는 가지 않았을 수도 있을 것이라 생각해 본다.

잘 채색된 그림 같은 단풍잎이 아무리 아름다워도 이 계절뿐이다. 골짜기를 달려온 바람은 나뭇잎이 자연으로 돌아가야 한다고 속삭이고 있다.

질부의 머리에 하얀 나비리본이 꽂혀있는 것을 보았다. 꿈을 깨며 시숙의 죽음을 예견했다. 자동차보험이 없던 때부터 이어온 자동차 사업은, 사고가 날 때마다 당신 스스로 그 스트레스를 감당하느라 줄담배를 피웠고, 삭이지 못한 울화는 가슴에다 멍울을 키웠다고 생각된다.

시숙은 청바지 입은 여자들을 못마땅해 했다. 제수인 내게 바지를 입지 말라는 전갈을 해왔다. 시어머님과 둘째인 우리는 한 집에 살았고, 큰아들인 시숙은 같은 동네에서 딴 집에 살았다. 시숙이 어머님을 뵈려고 무시로 찾아 올 때에도 나는 급하게 폭넓은 치마를 껴입어야 했다.

그는 편리함과 개성이라는 말이 통하지 않아 보였다. 그 곧은 성정은 죽음이라는 문턱에서 걸려버린 듯 했다. 입관하는 날, 뽀얀 얼굴에 날아갈 듯 산뜻한 비단에 감싸인 손을 본다. 면장갑에서 기름 냄새가 묻어났던 그 손이 오늘은 참으로 편안해 보였다. 아무것도 없는 빈손은 많은 말을 담고 있는 듯 했다. 오열과 안타까움도 그를 다시 숨 쉬게 하지는 못했다.

가볍게 손 흔들고 작별하는 나뭇잎을 본다. 셀 수 없이 많은 잎들 중에 하나라도 제 할 일을 마다한 잎이 있을까. 잎은 나무를 떠나는 순간에도 질척이지 않고 유연하게 흘러내린다. 나뭇잎이 결국 흙이 되듯, 자연으로 돌아가는 것은 사람이라고 다르지 않다. 나뭇잎은 춤을 추는 것 같다. 나무를 떠나며 어쩌면 해방이라고 외칠지도 모른다. 바람이 부는 대로 어디로든 갈 수 있는 자유를 찾았다고 할 것도 같다. 그곳이 설사 원하지 않는 개똥 무덤 위에라도…. 실 핀 같은 두 갈래 솔잎이 층층나무에서 대롱거린다. 떨어지기가 아쉬운 것이다.

빨간 애기단풍잎이 스르르 소리를 내며 바람에 몰리고 있다. 가을 고추가 마당에서 몸을 말리고 있을 때처럼, 댓돌 밑에까지 밀려 바람에 휘말리고 있는 붉은 고추를 닮은 단풍잎을 보면 나는 목젖이 화끈거리고 눈이 맵다. 파랗게 젊은 시절은 왕성한 혈기로 두려울 것이 없었다. 가지를 붙들었던 팔에 힘이 부치면 놓아버려야 하는 야박하리만치 정확한 자연의 순리는 어떤 힘으로도 거부할 수 없다. 빨간 고추도 빨간 단풍도 자연에 순응한 낙엽인 것이다. 눈이 아프도록 바라보다가 눈물이 날 때도 있다. 오래 보아도 그 댓가를 요구하지 않는 가을단풍은 수채화 되어 한 잎 한 잎 떨어질 이별이 안타깝다.

불국사 입구에서 열차시간을 기다리는 사이에 '동리목월 문학관'에 들어가 보기로 한다. 청록파 시인 조지훈의 〈승무〉도 한 줄 읽는다. 〈나그네〉의 '술익은 마을마다 타는 저녁놀'을 읊어도 본다. 해마다 이맘때면 이곳에 이끌리듯 찾아오는 것은 「동리목월문학관」을 둘러보는 것도 한 몫 하는 것이리라.

문학관 들머리 돌다리 아래 자그마한 연못이 있다. 연잎이 물 위를 덮고 있어 물의 표정을 볼 수는 없지만, 침묵하며 떠 있는 짙푸른 이끼는 알고 있을 것이다. 달빛이 하얗게 내려앉은 물위로 탑 그림자를 기다리는 아사녀의 모습이 물 위에 오래도록 비췄으리라. 돌계단을 올라 오른쪽으로 눈을 돌리면, 백제의 도공 '아사달과 아사녀'를 형상화 한 조각상이 있다. 천상에서 만났을 두 사람은 애틋한 사랑을 확인하듯 마주보며 손을 잡고 있다.

석가탑의 그림자가 연못에 비치기를 간절히 빌면, 남편을 만날 수 있다는 스님의 말을 믿고 매일 연못가에서 탑 그림자가 비치기를 기다리던 아사녀는, 끝내 그림자가 비치지 않자 그만 물에 빠져 죽었다는 것이다. 그림자가 없는 탑이라 해서 '무영탑'이라고도 한 석가탑, 두 사람은 애석하게도 살아서 만나지 못하고 말았다. 하얀 돌로 다듬은 부부의 상봉장면은 바라보는 것만도 가슴 아린다.

석굴암에서 우리는 아미타 부처님께 조용한 세상에 살고 싶다고 빌었다. 불국사의 대웅전에 들어갔을 때는, 내가족의 안위가 행복의 전부라는 것을 새삼 다지며 절한다.

문학관에서 다시 현실을 돌아보며 시인은 아름다운 시를 생각 했을 것이고, 나는 좋은 수필을 생각 해 본다.

석굴암과 불국사가 세계문화유산에 등재된 예술품이라는 사실은 뿌듯한 자부심에 가슴 벅차다. 토함산은 많은 문화유산을 품고 언제 보아도 의젓하고 당당하다. 천년고도 경주에는 숨어있는 보물이 무궁하다. 한 해의 마무리 여행은 경주에 있다며 우리는 다시 만날 내년 이 맘 때를 약속한다.

무딘 칼

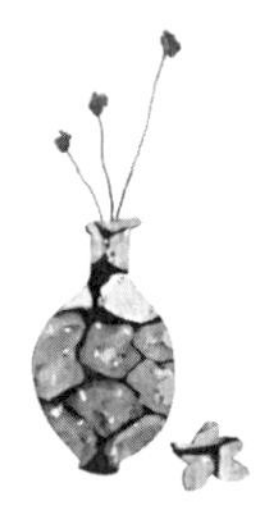

명절이 다가오면 남편은 숫돌을 찾는다. 친정아버지가 그랬던 것처럼, 예전에 우리 아버지의 칼 가는 모습은 지금도 뚜렷이 기억에 남아있다.

아버지는 장독대 앞에서 칼을 갈곤 하셨다. 숫돌은 아버지의 전유물이었다. 부엌 한쪽 발길이 잘 안 닿는 곳에 세워두고 명절에나 찾아내어 칼을 갈았다. 장독대 옆에 자리를 잡은 아버지는 숫돌에다 물을 찍어 흘리며 칼을 문지르면 희뿌연 먼지 같은 땟물이 흘러 내렸다. 나는 납작한 돌 위에 앉아 아버지를 보고 있었다. 좀 큰 부엌

칼은 검고 투박하고 무거워서 닭을 잡거나 손질할 때 썼던 것이다. 작고 닳아 얇아진 칼은, 겨울밤에 윗목에서 무를 깎았던 칼이다.

검은 칼이 숫돌에 밀착되어 오르락내리락하는 사이 칼은 목욕이라도 한 듯 환한 빛이 났다. 검어서 더 무거워 보이던 칼도 새 칼처럼 단장을 하고 명절을 맞는 것이다. 아버지는 칼이 잘 갈아졌는지 손끝으로 조심스럽게 날을 만진다. 가까이 오면 다친다며 멀리가라 손내 저어시던 아버지, 물독에 쓰윽 문질러 쓰던 엄마의 무딘 칼이 파란빛을 띠며 반짝인다. 환해진 칼을 받아 든 엄마의 함박 웃는 모습을 본다. 아버지는 "조심해 칼이 잘 드니까"하고 무심한 듯 말씀하신다.

남편이 칼 가는 모습에서 아버지의 웅크린 등이 보인다. 자동 칼갈이가 있었지만, 남편은 잘 안드는 칼은 다 가져오라며 큰소리친다. 씽크대 아래서 칼을 들어내며 잔소리를 한다. 내가 칼을 잘 못 다룬다는 것이다. 칼집에 넣을 때 다른 칼과 부딪히지 않아야 한단다. 꽃게 다리를 자를 때 몇 번 도마 위에서 두들겼다. 굵은 생선 뼈를 칼날로 찍었던 적이 있다.

우리 집 부엌칼은 적당히 썰어지고 묵은 때를 벗은 환한 모습이면 좋겠다. 남편은 아무나 할 수 없는 아주 중요한 일을 자기가 한다는 듯 우쭐한다. '너무 날을 세우지 않았다'는 말에 수고 했다는 말로 대신한다. 산뜻해진 칼을 보면 맛있는 음식이 절로 만들어 질 듯 기분이 좋아진다. 웃음 묻어나는 내 행동에서 엄마의 모습이 얼비치고 있다.

큰며느리가 처음 부엌에 들어와서 손가락을 베었다. 며늘애는 뭐라도 거들고 싶었을 것이다. 파를 자를까요? 했을 때, 응 하고 말했다. 악! 하는 짧은 비명에 돌아보니 손가락을 움켜쥐고 울상을 짓고 있다. 식구 모두들은 걱정을 하며, 내 눈치를 슬쩍 보기도 했다. 아들은 재빠르게 약상자를 찾아오고 잠시 부산했다. 밴드 한 장 붙이는 정도였지만 새아기는 많이 놀랐을 것이다. 낯선 손길에 부엌칼이 먼저 텃세를 부린 것이다. 어떤 스트레스도 받지 않기를 바랐는데, 시집에서는 부엌에 있는 칼도 새사람에게 겁을 주는 모양이다. 그렇게 신고식을 치른 큰며느리는 지금은 칼도 잘 다루고 맛있는 음식도 곧잘 만들어 낸다.

예전에는 명절이 다가오면 골목을 누비는 소리가 있었다. "칼 가소" 외치던 소리다. 묵은 때를 벗은 깨끗한 칼로 명절 음식을 장만하라는 것 같았다. 걸망을 맨 아저씨가 이집 저집 칼을 걷어서 골목 끝 넓은 곳에 자리를 폈다. 한 집에서 두 세 자루를 맡겨도 돌려 줄 때는 헷갈리지 않고 틀림없이 그 집을 찾아주는 것이 참 신기하기도 했다. 칼갈이 아저씨가 지나가고 나면 우리골목의 명절 맞을 준비가 끝난 셈이었다.

칼을 잘 다루는 사람은 요리도 잘한다. 부엌의 일등 공신인 칼이 없다면 일급 요리사도 손을 놓고 말 것이다. 잘 갈아진 칼은 번뜩이는 눈빛처럼 날카롭고 냉정하다. 그 앞에서는 절도 있게 칼님으로 모시며 공손하다. 하지만 그 성질을 알고 잘만 다룬다면 한 몸 다 닳도록 충성하는 것이 칼이다.

오랫동안 횟집을 경영한 지인이 있다. 처음 횟집 문을 열었을 때 두툼하고 단단한 나무도마와 잘 생겨서 한 몫 할 것 같은 새 칼로 시작했다. 도마 앞에서 시행착오와 흘린 땀이 이마에 그어진 실금처럼 도마도 칼도 같이 낡았다. 무수한 칼질에 한 복판을 움푹 파인 나무도마는 생살을 깍여도 비명소리 한번 내지 않았다. 그의 앞에 단짝인 배가 날씬한 칼이 놓여있기 때문이다. 탄탄하던 나무 도마도 힘을 잃어 얇아지고, 반짝이던 칼도 날씬하게 변하는 사이, 아이들은 커가고 아파트 평수는 늘어났다. 얇아진 칼과, 틀니 뺀 할머니의 합죽해진 입술 같은 도마는 주인의 배려로 이제 그만 은퇴를 하려는 참이다. 두 공신에게 주인은 감사한다. 칼과 도마를 이제 해방시켜야 한다는 것이다.

부엌을 벗어난 칼과 도마는 햇빛 바라기를 하고 있다. 서로의 짝이 되어주어 고마웠다는 인사라도 하는 것일까 잔잔한 바람에 미소가 일렁인다.

지인은 자식에게 대대로 물려줄 가보가 생긴 것을 기쁘게 자랑한다고 했다. 칼로 물 베기라는 말이 있다. 칼이 못하는 것이 있다면 물을 자르지 못한다는 것이다. 결단력이 있다는 말을 쓸 때도 단칼에 잘라버린다든지, 칼자루를 쥔 자는 따로 있다는 말을 한다. 칼은 날카롭고 냉정해서 친구가 없다. 있다면 제 몸 닳아가며 운명처럼 받쳐주는 도마가 있을 뿐이다. 칼과 도마를 가보로 삼겠다는 지인의 생각에 수긍하며 박수를 보낸다.

내 설합 한구석에 빈 볼펜이 한움큼 있다. '내가 글을 이렇게 많이 썼나!' 참 바보스럽지만 볼펜이 다 닳을 만큼 나는 진지했다. 가보는 대단한 무엇이 아닐 것이다. 그 사람에게 힘이 되어주고 추억하고 싶은 것이면 훌륭하고 뜻있는 가보가 아니겠는가.

노인 부부가 걸어가고 있다. 느릿느릿 걷는 두 사람이 건널목의 파란 불이 바뀌기 전에 다 건널 수 있을지 걱정된다.

지인의 가보, 나무 도마와 무딘칼이 오버랩 된다.

다대포의 밤

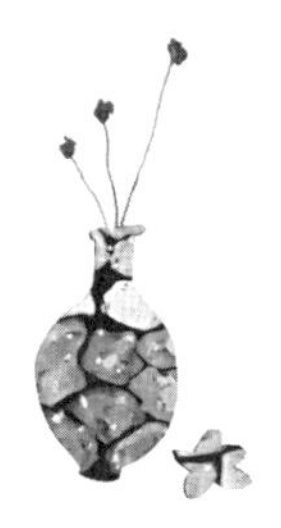

끈끈한 거미줄에 걸리는 느낌이 든다. 햇빛이 완전히 사위어 간 하늘에 시원한 바닷바람이 달려온다. 하늘에는 별들도 간혹 얼굴을 드러낸다. 더위를 몰고 가는 바람이 반갑다. 해변에서 분수 쑈를 한다는 소식을 들었다. 그것을 구경하기 위해 우리 일행은 무대 앞 의자를 차지하고 앉았다.

안개에 젖은 듯, 구름에 가린 듯, 몰운대는 해 그름 속에 침묵하고 있었다. 노을지는 순간을 잡으려는 사진작가들도 보였다. 좋은 위치를 잡기 위해 미리 와서 진을 치고 그 시간을 기다리는 작가들도 있다. 다대포 만큼 아름다운 일몰이 없다는 소문이 있기 때문이다. 삼발에 얹힌 카메라에 초점을 맞추고 시간이 흐르기를 기다리는 사진작가들의 눈초리가 예사롭지 않다. 사진은 회화와 달리 피사체가 정해지면 다른 것이 끼이지 못하게 순간포착을 잡는 예술이라 하는 말이 생각난다. 눈 깜빡할 순간의 예술은 또 하나의 기록이기도 하다. 유명 사진작가들을 볼 수 있는 행운도 다대포의 해변에서는 가능하다.

다대포는 우리 집에서 제일 가까이 있는 해수욕장이다. 해운대나 광안리가 있지만 아이들을 데리고 갈 만만한 거리가 아니었다. 다대포 해수욕장은 모래사장이 넓어 아이들이 놀기에 이보다 더 좋은 곳은 없을 것 같았다.

호미와 작은 모종삽을 준비하면 하루가 모자라게 놀 수 있었다. 모래로 집을 짓고 성을 쌓았다. 그도 싫증이 나면 삽으로 모래를 파고 작은 조개를 잡았다. 놀라 달아나는 게를 좇아 가는 아이들은 시간 가는 줄 몰랐다. 잘방잘방 종아리에 물이 잠기는 들물이면 작은아이는 삽도 던지고 도망가기 바빴다. 스르르 움직이며 많아지는 물이 무서웠던 것이다. 엄마 아빠가 부르는 소리는 들리지도 않은지 한사코 달아나기만 했다.

지금은 그 넓던 모래밭이 해변공원이 조성되면서 많이 변했다. 잘 만들어진 놀이기구는 따로 삽이나 호미도 필요 없다. 놀이기구를 즐기기만 하면 되도록 달라졌다.

우리 부부는 간혹 몰운대로 간다. 오르막에서 남편은 내 느린 걸음을 기다린다. 나는 바쁘게 갈 마음이 없다. 천천히 숨을 고르며 오르다 보면 마음도 한결 느긋하고 넉넉해지는 것을 알기 때문이다. 포장길을 걷다가 자갈길을 지나 파도소리가 들리는 곳에 발길이 닿는다. 푸르고 넓고 푸근한 바다는 미세 먼지라도 다 받아들이겠다는 듯 넉넉한 팔을 벌리고 있다. 산으로 갔을 때와는 또 다른 시원함이 있다.

파란 바닷물은 언제 보아도 가슴이 탁 트인다. 바닷물에 몸을 담군 곰보바위도 그대로 있다. 얽은 바위도 처음에는 곰보가 아니었을 듯하다. 쉴 새 없이 바위를 때리기도 하고 어르기도 하는 파도가 범인인 듯한데, 파도는 정작 모르쇠로 일관한다. 저 바위는 자기가 곰보라는 것을 모르는 것 같다. 하기야 한번도 육지를 올라본 적 없으니 하얗게 반짝이는 대리석을 알리가 없다. 모든 바위는 다 곰보라는 듯 오늘도 흔들리는 물결에 몸을 맡기고 있다.

시원한 물 쑈를 보려는 사람들이 약속된 시간이 되자 분수대를 중앙으로 둥글게 모여 앉는다. 널찍한 분수광장에서 음악과 함께 오색찬란한 물줄기가 뿜어져 나온다. 공중으로 솟구친 물은 안개비처럼 바람을 타고 머리에도 팔에도 시원한 에어컨 효과처럼 뿌려진다. 물줄기는 순식간에 아름다운 연꽃잎을 만들며 심청이가 봉곳이 나올 것 같다. 음악에 맞춰 물줄기가 춤을 춘다. 잔잔한 연꽃의 향연에서 점점 신명을 더 하더니 음악은 신나는 춤곡으로 변한다. 귀에 익은 캉캉이다. 캉캉 춤은 무희들의 전유물인 360도의 넓은 치마폭에 있다. 무대는 현란한 캉캉에 흔들리고 혼을 쏙 빼놓을 듯 붉은 물줄기는 더 넓게 펼쳐진다.

환상에서 깨어나는 순간은 잠시 멈춤이다. 호흡을 가다듬고 숨고르기를 한다. 음악은 다시 꿈속처럼 달콤하고 감미롭다. 부루스의 느린 음악은 촉촉한 눈빛처럼 은근하고 아늑하다. 폭죽이 터지면서 꽃잎은 흩어진다. 캉캉도 흘러갔다. 물줄기를 움직이는 손놀림의 마술사도 한숨 돌리자고 음악을 멈춘다. 갑자기 소리가 멎은 사위는 정적이 인다. 쏴아 하고 바닷물 밀려오는 소리가 가까이서 들린다.

수평선은 하늘과 하나 되어 잠이 들었다. 작은 별은 머리위에서 깜박이고, 생각하는 사람같이 고개 숙인 갈대를 본다. 사진 작가가 되어 멋진 사진을 찍고 싶다. 나홀로 작가가 되기도 하는 다대포에서는 모두 다 예술가가 된다.

다대포의 여름밤은 잘방잘방 물소리의 속삭임에 깊어간다.

다 지나간다

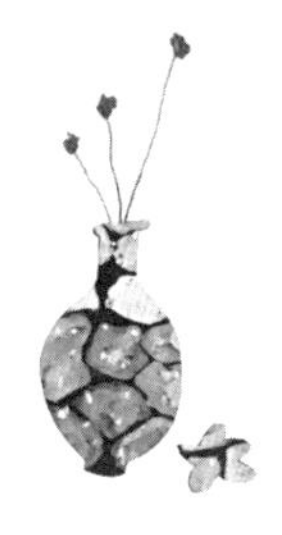

눈에 보이는 흉터가 있는가 하면, 드러나지는 않지만 마음에 찍혀 있는 불도장 같은 흉터도 있다. 지나간 상처의 기억은 가슴 아린 회한이 인다.

넓지 않은 방에서 두 아이가 잘 놀고 있다. 한창 TV에서 나오는 '슈퍼맨' 흉내를 내기도 하는 아이들은 친구 같은 형제다. 겨울이라 방안에서 노는 시간이 더 많았다. 손자들에게는 한없이 너그러운 할머니가 곁에 있어 나는 안심하고 부엌일을 하고 있었다. 설거지를 하다말고 방안을 들여다보았다, 창틈으로 햇살이 들어오면서 방안에 희뿌연 먼지가 가득한 것 같았다. 제트비행기가 그려놓은 하늘의 흰 줄무늬 같았다. 나는 설거지를 하다말고 끓여놓은 보리차를 한 컵 따라 애들이 노는 방으로 들고 갔다. 뜨거운 물이 증발하면서 가습기 역할을 할 것이라는 생각에서다. 방문을 여는데 어머님은 졸고 있었다.

나는 경대 깊속히 물컵을 밀어 넣으면서 "뜨겁다, 만지면 안 돼! 건드리지마" 하며 애들에게 주위를 주었다. 그리고 아랫목에 눈을 감고 앉은 어머님에게 "경대에 물 한 컵 갖다 놓았어요" 하고 방을 나왔다. 설거지를 마치고 행주를 쥐고 있었다. 부엌에서 나가기도 전에 찢어지는 듯 아이의 비명소리가 들렸다. 나는 반사적으로 방문을 왈칵 열었다. 작은 아이가 팔짝팔짝 뛰며 울며불며 몸부림치는 것을 보았다. 경황이 없어 어떻게 가위는 찾아 옷을 잘랐는지, 찬물을 끼얹었는지 정신이 하나도 없었다.

아이가 경대위의 물을 쏟은 것이다. 방금 끓인 뜨거운 물이다. 손이 닿지 않아 발을 뻗디뎌 컵을 넘어뜨리고, 그 물은 경대를 타고 가슴과 겨드랑이를 적셔 내렸다. 여린 피부는 옷에 달라붙어 쉽게 벗길 수가 없었다. 급하게 택시를 타고 윗과 병원을 찾아 달려갔다. 치료를 해도 쉬이 낫지 않는 3도 화상이라 했다. 피부이식을 하고서야 나을 수 있었다. 남자아이라서 그런대로 다행이라는 말을 들었지만, 팔뚝에 커다란 흉터를 남기고 말았다. 아이는 팔뚝에 붕대를 감

고도 명랑했다. 두 아들은 잠시도 눈을 뗄 수 없는 네 살 여섯 살의 튀는 공 같았다

지금도 아들의 팔뚝에 난 흉터만 생각하면 어제 일처럼 답답하다. 좀 더 예쁘게 키우고 싶어 털실로 쫀쫀하게 짠 쉐타를 입힌 것도 아이를 더 힘들게 한 결과가 되었다. 시간을 되돌릴 수만 있다면 다시는 그런 실수를 하지 않으리라는 생각이 들기도 한다. 다른 사람이 볼 때는 잠깐 걱정을 하고 말 일이지만, 자신에게 닥치면 충격이고 상처가 되어 평생을 따라다닌다. 내게는 그 때가 제일 후회스런 순간이었다.

산에 가면 나무들의 상처를 본다. 바람에 한 쪽 팔을 꺾이고, 속살을 허옇게 드러낸 나무가 있다. 생살을 드러낸 상처에는 진물이 묻어나고 있다. 남은 가지를 흔들며 '이쪽마저 꺾였으면 어쩔 뻔 했냐'고 스스로 위로 하는 듯하다. 며칠이 지나면 햇볕과 잔잔한 바람에 잊은 듯, 스스로 치유治癒하는 방법을 나무는 알고 있다.

곧 태풍이 올 것이라는 예보를 듣는다. 나무들의 신음이 들릴 것만 같아 다가올 태풍 소식에 귀 기울인다.

사람들은 상처를 입으면 오직 내 아픔만 눈에 보인다. 누군가가 관심을 가져주어 같이 아파하기를 바란다. 어쩌다가 이런 일이 나에게 일어났을까하는 자책을 하고, 그때 곁에서 좀 더 신경을 썼더라면 하는 책임전가를 한다.

내 어릴 적 우리 할머니의 믿음은 '다 지나간다'는 것이었다. 아픔도 슬픔도 시간이 지나면서 희미해져, 물이 흐르듯 지나간다는 말이다. 망각이라는 묘약도 치료제로 한 몫을 하기 때문에 세월이 약이란 말일 것이다.

여름 해수욕장을 개장한다는 뉴스와 함께, 깨끗한 팔다리를 드러낸 아이들이 TV화면에 클로즈업 된다. 그럴 때면 작은아들의 팔뚝에 남아있는 흉터가 생각나고 나 자신에게 화가 난다. 왜 그랬을까. 왜 그때는 가습기도 없었을까 뜨거운 물을 애들이 노는 방에 왜 들여 놨을까 상처는 아물었지만, 지나간 것은 세월 이었다.

사랑하는 아들을 아프게 한 죄책감, 흔적처럼 남아있는 흉터, 평생을 바라보며 짝사랑하면서도, 아들을 생각하면 미안한 마음이다.

에스컬레이터

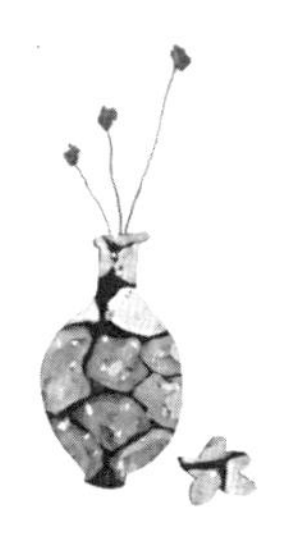

나는 움직이는 계단 에스컬레이터를 무서워한다. 높은 건물 회전문 앞에 서면 커다란 공룡 티라노사우루스가 입을 쩍 벌리고 기다리는 것 같다. 가만히 서 있어도 그 입으로 빨려 들어가 소리도 없이 먹혀버릴 것 같다. 회전문에 조심스레 한 발 들여놓으면, 빙그르 돌아 제자리로 밀어버린다. 어떤 영화에서처럼 둥그런 치마폭을 펼치며 멋있게 들어가고 싶었지만 현실은 그게 아니었다. 모처럼 만난 문이 또 회전 유리문이라면 나는 동행을 찾아 팔짱을 낀다.

시계의 초침처럼 움직이는 계단 위에 나를 올려놓는 일이 어려웠다. 처음에는 누가 곁에서 손을 잡아 주어야 발을 뗄 수 있었다. 낯가림을 심하게 하는 아이처럼 움츠려들기도 했다. 쇳덩이의 차가움이 발을 타고 올라오는 듯 해서다. 내가 올라서면 멈출 것 같았고 사고라도 날 것 같았다. 점점 밑으로 내려갈수록 앞으로 고꾸라질 것 같아 시선을 고정시키고 노려보기도 하고, 하나씩 사라지는 계단을 볼 때는 가슴이 서늘해 지기도 한다. 에스컬레이터가 깊이 내려갈수록 멀미가 나듯 머리카락이 선듯 일어서는 느낌이 들 때도 있다.

중국 장가계 여행을 갔을 때 백룡엘리베이터를 탄 적이 있다. 아파트 140층 높이에서 단 몇 초 만에 지상에 도착한다는 안내자의 설명이었다. 가슴 졸이고 놀랄 시간도 없이 엘리베이터는 도착 벨이 울렸다. 방금 내려온 아득한 높이를 보며 가슴을 쓸어내리기도 했다. 빠르고 편리한 승강기를 이용하지 않을 수는 없지만 아무감정이 없는 기계는 냉정하고 차갑다.

움직이는 계단은 내 생각과는 달리 그리 허술하지가 않았다. 내 다리가 끼이거나 옷이 말려 들어가는 일은 한 번도 일어나지 않았다. 그 믿음으로 에스컬레이터를 타게 되는 지도 모르겠다.

에스컬레이터는 하나씩 사라지는 계단이다. 어느 책에서 읽은 기억에 "살아가는 것은 천국을 향해 한 계단씩 오르는 것"이라고. 계단의 끝에 천국이 있을지 무서운 지옥이 열릴지는 자신이 만들어 간다고도 했다. 계단의 끝이 천국과 맞닿아 있다면 세상에는 나쁜 사람은 하나도 없을 것 같다.

쉽고 편해서 에스컬레이터를 자주 이용한다. 낯신 사람들이 한 공간을 이용하는 곳에서 예의와 에티켓을 무시하면 불쾌하기도 하지만 사고로 이어질 수도 있어 불안하기도 하다. 명절이 며칠 남지 않은 자갈치시장은 사람들로 붐볐다. 싱싱한 생선을 욕심만큼 사고 보니 무게 때문에 어깨가 아플 지경이었다. 계단을 포기하고 에스컬레이터를 타지 않을 수가 없었다. 생선봉지와 해산물이 든 봉지까지 한 손에 몰아 쥐고 한손으로 에스컬레이터 난간을 잡았다. 몇 계단을 내려왔을 때, 내 앞에 선 어떤 남자가 갑자기 돌아서며 계단을 거슬러 오르려했다. 나는 깜짝 놀라 비키려고도 해 보았지만 협소해서 그럴 수가 없었다. 다른 사람들도 놀라 큰소리로 나무랐다. "가만히 서 계세요. 사고 나겠어요" 그 남자는 갑자기 무슨 생각으로 그랬을까. 미안하다며 다시 내려갔지만 에스컬레이터를 탄 많은 사람들은 술렁이며 불평을 해 댔다. 내려가는 계단에서는 끝까지 내려가야 한다. 역으로 오르는 일을 하면 안 된다. 다 내려가서 올라오는 계단을 또 타면 될 것이다. 그 사람은 계단의 끝을 무서워 한 것은 아닐까, 끝에서 만날 다른 환경을 두려워하는 어린아이처럼.

거울을 보며 거슬러 갈 수 없는 것이 있다는 생각을 한다. 하얗게 올라온 머리카락을 볼 때다. 반갑지도 않지만 거부할 수도 없다. 흰 머리카락을 새치라고 우길 때도 있었다. 지금은 염색을 할 때 마다 넓어진 가르마가 야속하기만 하다. 흰머리가 검은색으로 임시 눈가림은 했지만, 생체시계는 오늘도 끝없이 순환을 하고 있다

늙음을 싫어하는 것은 예나 지금이나 다르지 않다. 고려시대의 우탁은 '탄로가嘆老歌' 시조로 유명하다. 세월의 흐름은 막을 수 없는 불가항력이라고 탄식한다.

하지만, 백세시대를 사는 지금은 다르다. 나이를 알아보지 못할 만큼 젊어졌다. 사람들은 활달하고 긍정적이며 건강을 위해 노력한다. 발달된 의학의 힘도 한몫하고 있다.

에스컬레이터에 올라서면 사람들은 말도 멈추고 기도하듯 조용한 자세가 된다. 톱니바퀴 위에 발판을 올린 에스컬레이터는 불안정하다. 때문에 잠깐이지만 움직이지 않는 것이 더 안전하다는 것쯤은 다 알고 있다. 다시 땅에 발을 올리는 순간 사람들은 화색이 돌고 말이 이어진다. "우리 뭐 먹을까, 어디 갈까" 목적지를 향해 발걸음이 빨라지며 물이 흐르듯 제 갈 길로 흩어진다.

주스기의 톱니바퀴가 돌다가 멈춰 서서 놀랐던 일이 있다. 너무 많은 양을 넣어 과부화가 일어났다. 윙윙 헛돌며 불이 난 듯 뜨거웠다. 에스컬레이터의 사고소식이 생각난다. 내려오던 에스컬레이터가 갑자기 멈춰 섰다면 고장이다. 멈춰선 기계가 다시 역으로 올라가는 바람에 많은 사람이 다쳤다는 사고뉴스를 보았다. 설마 내가 탄 에스컬레이터는 그럴 일은 없을 것이라 태연한 척 좋은 운運을 믿기로

한다. 하지만, 마지막 계단이 따로 없는 에스컬레이터는 매번 불안하다.

지하와 지상에 걸쳐있는 에스컬레이터는 관음증 환자다. 몰래 카메라가 사회의 이슈 가 되고 있는 즈음에도, 움직이는 수 십 개의 검은 눈동자에는 관대하다. 관음증도 조용한 엿보기라면 사람들은 안심하는 듯하다. 허락받은 엿보기는 관음증이라 부르지 않는다.

영리한 에스컬레이터는 사람을 먼저 알아본다. 발을 올릴까 말까 어물거리는 사람에게 냉정하고 차갑다.

에스컬레이터를 타면 나는 반사적으로 손에 힘을 준다.

폐품소묘

아침마다 신문이 반갑다. 신문을 타이틀에 맞게 다 찾아보려면 100페이지는 족히 된다. 매인 신문이 36면이고 경제신문과 스포츠 신문과 다른 지방지까지 합하면 꼼꼼하게 찾아보지 않아도 두어 시간이 더 걸린다. 이것을 매일 발 빠르게 취재해서 한 글자의 오자도 없이 엮어 낸다는 것은 그 일에 종사하는 많은 사람의 노력과 땀이 응집된 작품이라 할 수 있다.

신문이 좋은 이유는 페이지마다 빠뜨릴 수 없는 새로운 정보라는 것이다. 신문은 오늘날의 역사이고 그 역사를 잊지 않게 글자와 사진으로 기록한다니, 다 본 신문을 한 아름씩 안고 재활용 분리대로 향하면서 나는 신문 버리는 것이 매번 아깝다.

우리 집의 신문 애독자는 남편이다. 나는 신문이 구문이 되어도 읽고 있다. 바쁠 때는 한 번에 몰았다가 보기도 한다. 그 중에는 빠뜨리면 뭔가 잃어버린 듯 아쉬운 것은 마지막 장의 '사설'이다. 사설은 신문의 요약이고 가장 중요한 신문의 엑기스라 말할 수 있다. 또 즐겁게 찾아보는 것은 칼럼이든지, '행복한 시 읽기'라든지 '따뜻한 동행'은 빼놓을 수가 없는 것이다. 나는 신문을 가위로 자르기도 하고 오려 벽에 붙이기도 하며, 내가 본 신문은 구겨지고 잘려나가 너덜거린다.

신문에는 심심찮게 정치인들의 얼굴도 보인다. 그들 정치인이 내뱉는 책임지지 못한 말들도 고스란히 들어있다. 그 모습과 사진까지 나와 있으니 한 번도 만난 적은 없지만 그 사람의 이름과 얼굴은 알고 있다.

지난가을 억새축제를 하는 곳에서 국회의원을 만났다. 그 사람은 나를 모르지만 나는 신문에서 여러 번 봐서 알고 있었다. 마치 반가운 사람이라도 만난 듯 악수를 하며 나란히 서서 사진도 찍었다. 가까이서 본 그 국회의원도 기침하고 물 마시는 보통사람이었다. 소탈한 느낌에서 서민의 입장을 잘 알 것 같은 느낌도 받았다.

얼마 전 스포츠 신문에서 김연아의 사진을 오렸다. TV화면에서 본 그 모습을 떠 올리며 화려한 동작을 기억하고 싶었지만, 화면에서 본 것은 휘발성이 있다. 컴퓨터 곁에서 느슨해지는 내 마음에 경각심을 일깨우는 '김연아는 한 동작을 위해 백번의 연습을 했다'는 문구를 써 붙이기도 했다.

작은 동작 하나 제스처 하나도 빠뜨리지 않고 순간포착으로 남기는 사진 기자야 말로 뛰어난 예술가가 아니면 할 수 없을 것이다. 매일 일어나는 사건 사고를 정확하고 빠르게 알리는 신문은 기자들의 노고와 사명감이 아니면 탄생하지 못한다고 한다. 기자란 직업이 얼마나 힘 든 일인지 스트레스를 제일 많이 받는 직업군 1위에 든다고 한다. 하지만 요즘 젊은이들은 신문을 그다지 좋아하지 않는다.

쓸모없다고 버리려던 물건도, 재활용하면 다시 쓸 수 있다는 것쯤은 다 알고 있다. 재활용품 분리하는 일은 막상 번거롭고 귀찮다. 반짝반짝하던 냄비도 몇 번을 까맣게 태우고 나면 가차 없이 버려지는 신세가 된다.

옹기마을에 간 적이 있다. 장인의 손길과 땀이 녹아들었을 옹기가 깨진 채 담 밑에 수북하게 쌓여 있었다. 깨진 옹기에는 작은 흠집에도 장인의 이름을 넣을 수 없다는 마음을 보니 가슴이 뜨끔하다. 글을 쓴다고 머리를 싸맨 시간이 아깝다고, 필요 없어진 글까지도 저장해 둔 자신을 돌아보게 했다. 내게 종종 찾아오는 불면증은 버려야 할 글들을 버리지 못했기 때문이리라.

아파트의 재활용 분리하는 곳에는 집집마다 들고 나오는 물건도

가지가지다. 온갖 자질구레한 살림살이들, 저것들도 한 때는 주인의 사랑을 듬뿍 받으며 의기양양 했을터.

남편이 컴퓨터 전용의자에 잘 못 앉는 바람에 발판이 깨지고 말았다. 의자는 많지만 컴퓨터에는 컴퓨터전용 의자라야 한다. 몸체가 크고 편안하고 아늑해서 오래 앉아있어도 피로를 모르는 컴퓨터 의자는 다른 의자로 대체할 수 없다.

산으로 가는 길목에 있는 중고가구점을 찾아갔다. 그 곳에는 우리 집에 있는 것보다 더 새것 같은 책상과 의자들이 많았다. 새 것에게 밀려난 화난 가구들이 희뿌연 먼지를 둘러쓰고 나를 보고 있었다. '나를 데리고 가 달라'고 하는 것 같았다. 그러나 나는 우리 집 컴퓨터에 맞지 않다며 고개를 돌리고 말았다. 발판만 갈 수 없을까 궁리를 하다가 '좌천동'의 사무가구 점에서 의자의 발을 사들고 돌아왔다. 둥근 나사모양을 돌려 끼우니 제것처럼 딱 어울린다. 정 들었던 의자를 폐품처럼 버리지 않아도 되고 돈도 굳었다며 기분까지 좋다.

재활용 분리 하는 날, 화분 받침대를 한 아름 안아서 차곡차곡 쌓아 놓는다. 크고 무거운 화분이 짐스럽다고 느낄 때부터 화분을 줄여야 겠다는 마음이었다. 쓸모가 없어진 화분 받침대는 한쪽 구석진 자리에서 내 눈치만 보다가 재활용 분리 하는 날 밖으로 내몰리는 신세가 된 것이다. 한 때는 먼지를 닦아가며 오래 같이할 것 같았는데, 내려놓는 마음이 조금은 미안해서 돌아서는 발걸음도 썩 가볍지마는 않다. 돌아보니 둥그런 시계가 곁에 있다. '친구하면 되겠네' 하고 돌아서는데 시계의 기다란 바늘은 하늘 쪽을 가리키고 정지해있다. 바쁘게 돌아갈 때는 몰랐던 일일 것이다. 무슨 생각을 그리 깊이 하는지 움직일 줄 모른다. 긴 바늘이 가리키는 곳에 눈길을 따라가 본다. 바늘 끝이 가리키는 하늘에는 지난날 시계가 그려 놓은 수없이 많은 동그라미가 있다. 시계는 벽에 걸리는 순간 째깍거리며 집 안을 살핀다. 좋았던 일, 슬펐던, 일 행복했던 순간까지 하얀 구름이 몽글몽글한 하늘에 추억들이 하나씩 피어나 있다.

폐품이 되어 만난 양은 냄비와 칠 벗겨진 프라이팬이 인사라도 하는지 요란스런 소리를 낸다. 친구인 듯 이웃인 듯 끼리끼리 모여든다. 뒤도 안 돌아보고 가버리는 주인에게 따돌림 당하는 처지를 서로 안타까워한다. 폐품이라지만 아직 버려지는 것은 아니다. 다른 모양으로 다시 태어나길 기다리는 희망이 있다.

제4부

그 친구

노란리본

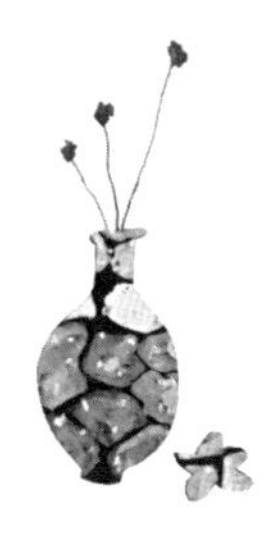

언니집 마당 화단에 탐스럽게 피어있는 모란꽃은 한 송이가 내 두 손으로 감싸지지 않을 만큼 풍성하다. 언니는 모란이라 부르지만 함박지게 웃는 모양이라며 나는 함박꽃이라 우겨본다. “모란이 피었다”하는 전화를 받으면 며칠을 못 기다리고 달려가곤 했다. 꽃은 막 피어날 때가 제일 예쁘기 때문이다. 아무리 아름다운 꽃이라도 떨어지는 모습은 안타깝고 허망하다. 모란은 해마다 오월이면 피는 다년생이다. 꽃잎은 여러 장이나 폭이 넓어 더 크게 보인다. 모란꽃은 연분홍 색깔도 있지만 언니집 마당 화단에는 화려한 붉은 모란이다.

붉은 꽃송이를 보고 있으면 중국이라는 거대한 나라를 생각한다. 중국 국화가 모란이라는 것을 생각하면 그들이 붉은 색을 좋아하는 이유를 알 듯하다. 중국을 여행했을 때 천안문 광장을 간적이 있다. 천안문 광장은 과연 넓고 건물도 컸다. 중국의 국경일을 기념하는 천안문 광장이 TV에 비쳤다. 수천수만의 군중들과 학생들이 목에 붉은 스카프를 두르고 펄쩍펄쩍 뛰면서 '마오쩌뚱'을 외치던 장면을 떠올리며 나도 모르게 오소소 소름이 돋기도 했다.

우아하고 화려한 모란은 꽃 중에서도 귀족으로 친다. 예술하는 사람들이 좋아하는 부귀와 영화라는 꽃말에 명예까지 겸비하면 금상첨화가 아니고 무엇일까.

함박웃음으로 눈길을 붙드는 모란꽃은 다른 어떤 꽃도 잠시 눈에 들지 않는다. 여름이면 피어나서 은은한 향을 자랑하는 난과도 겉모습으로는 대결이 안된다.

얼굴을 가까이 대 본다. 정말 향기가 없나 하고, 미미한 향기가 있는 것 같기도 하고 없는 것도 같아 아리송하다. 모란꽃을 좋아하던 언니는 어느새 모란꽃을 닮은 것 같았다. 모란이 언니를 닮았는지도 모른다. 화사한 모습과 풍만한 몸짓에서 모란꽃을 보면 언니를 연상하게한다. 언니는 운동하기를 싫어했다. 보고 싶은 누군가가 찾아와 주기를 기다리는 것도 모란꽃을 좋아한 때문이라고 핀잔을 받는다. 탐스럽고 화려해서 언니의 사랑을 듬뿍 받던 모란은, 오월이 지나고 유월의 땡볕에서 힘겨워하다가 꽃잎을 오므리며 떨어져 내린다.

꽃송이가 힘없이 떨어지고 바람이 스산하더니 믿을 수 없는 일이 일어났다. 어이없이 툭 떨어지는 꽃송이처럼, 언니가 모란꽃을 닮은 듯 홀연히 무겁던 머리를 내려놓아 버린 것이다. 그렇게 살뜰하던 살림살이들을 놓아버리고 말았다.

가을바람이 스산하게 불고 나뭇잎이 흩어진다. 화려했던 봄날은 흙먼지처럼 날아 갔다. 온 세상의 빛깔은 다 하얗게 바래진 듯 바람 맞은 억새잎처럼 서걱거렸다. 된바람을 맞은 가족들은 허우적거리며 꿈이라면 빨리 헤어나고 싶었지만, 짜여진 각본처럼 이별은 그렇게 마무리가 되고 있었다.

내가 노란 리본을 달고 아무리 기다린다 한들 기별이라도 닿을 수가 있을까!

노란 리본이 갯바람에 펄럭인다. 완도 팽목항에는 자식들이 좋아하는 밥상이 길게 차려져 있다. 평소에 좋아하던 피자도 얹어놓고 햄버거도 있다. 어느 엄마는 따뜻한 국에 밥을 차려놓고, 먼저 차린 밥이 식었다며 바꾸고 있다. "돌아와라, 자식아 이놈아, 내 딸아 내 아들아" 애간장을 녹인 눈물은 바닷물을 더욱 아프게 출렁이게 한다. 지금이라도 엄마를 부르며 등 뒤에서 안아오는 환상에 젖어본다. 그것이 꿈이라면 깨고 싶지 않을 것을,

그들은 봄날에 화려하게 피어나는 꽃이었고 희망이었고, 삶의 낙

이었다. 기별 없는 기다림은 안타까움과 슬픔에 미어지는 가슴만 있을 뿐이다.

노란리본은 기다림이다. 길을 못 찾고 헤매고 있을 그들에게 가족의 품으로 빨리 돌아오라는 바람이다. 노란 리본은 등산길에도 있고, 공원 난간에도 있다. 그들이 기억하는 길목 곳곳에서 노란 손을 흔들며 손짓하고 있다.

점심시간인지 넥타이 족들이 노란리본을 가슴에 단 모습을 볼 수 있다. 그들의 표정과 조용한 모습에서 저마다 간절한 소망이 있음을 알 수 있다.

세월이라는 말, 참 미운 말이다 머리가 하얗게 쉰 사람도 검어지는 염색약을 바르며 세월을 탓한다. 허리 굽어 꼬부라진 할머니도 세월이 그렇게 만들어 버렸다고 탄식한다. 세월이란 말은 해와 달을 겹친 추상적인 단어다. 형체도 없고 보이지도 않는 이름이 세월이란 말이다. 세월은 흐른다고 한다. 아무도 반기지 않는 세월이란 단어가 요즘처럼 미울 수가 없다. 하필 물속에서 힘없이 쓰러진 그 이름이 세월호라 한다.

한 쪽 팔이 떨어져 나간듯 가슴에 구멍 뻥 뚫어놓고 가버린 언니, 아프고 힘들었던 이별, 그 때도 세월은 지나가고 있었다.

세월호에 갇혀 버린 그들은, 가족 모두의 희망이기에 함박웃음을 주는 꽃으로 다시 피어나기를 간절히 바란다.

나도 노란 리본을 달았다. 책상 앞에도 식탁 앞에도 노란색 리본을 붙여놓았다. 안타까운 가족의 마음을 조금이나마 나눌 수 있기를 바라면서.

강물에 힐링하다

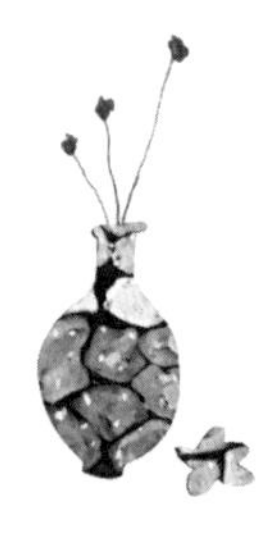

늦더위가 한창인 날 가을에 들어선다는 입추가 지나고, 말복도 지났다. 그러나 더운 열기는 누그러질 줄 모른다.

우리는 모자와 썬그라스로 얼굴을 가리고 유람선을 탄다. 피서라 하면 계곡에 발을 담그든지 아니면 비치파라솔 아래 백사장이 펼쳐진 바닷가를 찾을 것이라 생각도 했는데 유람선을 찾는 사람도 많았다.

아담한 체구의 해설사가 이야기 하듯 설명한다. 잊은 듯 묻혀있던 낙동강의 내력과 배가 앞으로 나아갈 때마다 나타나는 동네의 모습을 낭낭한 목소리로 소개하고 있다.

하단동과 엄궁동, 이곳은 예전에 재첩이 많이 나던 곳으로 부산의 대표 재첩국의 원산지라고 설명한다. 그랬다. 낙동강 하구 끝동네는 재첩국을 만드는 집들이 많았다. 가녀린 여자들의 대명사가 이 동네에서는 힘센 아줌마로 거듭나는 듯 보였다.

재첩국을 팔고 돈을 벌어오는 여자들은 집안 살림도 잘하는 억척스러운면도 있다. 왁작하게 목소리를 높이는 사람도 아줌마들이다. 백수 남편의 담배 값을 대주고 자식들의 뒷바라지며 집안의 기둥역할을 하는 아줌마의 두툼한 돈주머니는, 목소리와 함께 힘이 들어갔다.

강에서 건져 올린 재첩과 물고기의 비릿한 냄새는, 곧 돈 냄새로 돌아오며 마을을 윤택하게 했다. 해거름 골목에 들어서면 재첩 삶는 냄새가 진동을 한다. 날마다 지칠 줄 모르는 아줌마들의 강인한 힘은 가족을 위해서는 무엇이든 할 수 있는 실질적인 가장이었다. 배가 드나드는 뱃머리는 해질녘이 분주하다. 작은 목선에는 재첩이 수북하게 실려 있었고 재첩을 사려는 아줌마들과 재첩주인과는 항상 시끌벅적 하다. 재첩 삶는 연기가 군데군데 피어오르고, 재첩 껍질이 작은 무덤처럼 많아서 처음 보는 사람은 어리둥절하지만, 이 동네에서는 예사로 볼 수 있는 풍경이었다.

푸르스름하고 우유빛이 감도는 재첩 진국을 한입 마시면 시원하고 달짝지근해서 입에 착 달라붙는 부드러운 맛이 있다. 재첩국을 만드는 곳이니 물을 섞지 않은 진국을 맘 놓고 사 먹을 수 있었다. 간을 보호하는데 도움을 준다며 재첩국을 찾는 사람이 많았다. 재첩국은 어떻게 만드는지 가까이서 본 적이 있다.

진국이라는 것은 재첩을 삶을 때 다른 객물을 붓지 않고 재첩이 머금고 있는 본연의 국물을 말한다. 가마솥에 깨끗이 씻은 재첩을 앉히고 아궁이에 불을 지핀다. 솥이 뜨거워지면 재첩은 일제히 입을 벌리며 머금고 있던 속의 물을 다 토해낸다. 솥에서 푸푸하는 소리를 낼 때, 재빨리 솥뚜껑을 열고 진국을 따로 떠내는 것이다. 진국은 재첩이 내 놓은 물이니 양이 적고 귀해서 따로 팔지 않는다고 한다.

재첩이 일제히 입을 벌렸다 싶으면, 소금을 한줌 넣고 재첩이 잠길 만큼 물을 붓고 다시 불을 올린다. 다 익은 재첩은 저절로 껍질에서 떨어져 나온 알맹이도 있고, 껍질에 납작하게 붙어있는 것도 있다. 뜨거운 한 김이 나가고 나면 완전 식기 전에 벌집같이 얽은 그물망 소쿠리에 한 바가지씩 담아 들고 까불고 흔들어 작은 알맹이를 남김없이 다 털어낸다. 재첩국 한 동이를 만들려면 아줌마들의 땀이 한 바가지는 흘려야 국이 된다고 했다.

내가 살던 시내와는 너무도 색다른 모습이었다. 멀리 진영에서 선생님으로 계신 사촌오빠가 오셨다. 정이 많은 오빠는 동생의 얼굴도 보고 싶고 어떤 곳에 살고 있는지 궁금했다고 하신다. 약주를 좋아하시는 오빠는 재첩국도 좋아한다는 것을 알았다. 재첩국을 전문으로 하는 식당에 모셔갔다. 재첩으로 만든 요리를 푸짐하게 대접했었다. 약주까지 한잔하시며 기분 좋아 하시던 사촌오빠의 모습은 지금도 선하게 떠오른다.

유람선은 물금을 향해 거슬러 오르고, 해설사는 '모래톱이야기'를 설명하고 있다.

해마다 여름이면 피서를 한답시고 우리형제들이 한곳에 모인다. 공무원으로, 사업으로, 젊었을 때는 모두들 바빠서 한자리에 모이지 못했다. 같이 보낼 시간이 무한한 것이 아니라는 것을 알았기 때문일까, 넉넉한 강물처럼 상대의 시간에 자신을 맞추는 그 때가 지금인 것이다.

해설사가 내게 마이크를 내민다. "형제끼리 우애가 좋아 보입니다. 노래라도 한곡 하세요"한다. 나는 마이크를 잡았다. '새 모시 옥색치마 금박물린 저 댕기는…,' '그네'를 불렀다. 마이크를 동생한테 넘긴다. 노래는 손뼉소리와 함께 끝났다. 마음도 제비처럼 나는 듯했다.

같은 피를 나눈 형제가 곁에 있다는 것이 얼마나 든든한지 모른다. 혼자가 된 막내가 항상 걱정스러웠는데, 든든한 아들을 곁에 두고 그도 이제 손자가 생겨 많이 웃는다. 병약한 남편과 잘 풀리지 않는 사업실패로 힘든 일을 겪었지만 지금은 편안해 졌다. 지난 세월이

순탄하지 못했다 하더라도 그건 누구의 잘못도 아니다. 자신이 거기에 얽일 수밖에 없는 운명이이라 생각한다.

낙동강의 삼각주는 새들의 보금자리를 만드는데 더 없이 좋은 갈대밭이 있다. 낙동강에 기대어 살아가던 사람들도 세대교체를 했다. 철새가 돌아가면 텃새가 눈에 들어오고, 또 다른 철새가 왔다가 떠난다. 강물도 흘러가고 또 흘러들어온다.

배는 물금을 정점으로 유턴을 한다. 물살이 섞이고 있다. 글자들이 머릿속을 종횡하며 맴도는 것 같다. 글을 쓴다고 늘어놓은 낱말들, 좋은 글을 읽고 곱씹어 본 문장들, 그 장소에 잘 어울리는 옷이 따로 있듯이, 문장을 빛나게 할 단어들을 고르고 버릴 일이 남았다.

묵은 옷가지를 차곡차곡 접는다. 재활용 박스 속에 던져버린 그날, 가슴이 짠했다. 강물이 뱃전을 때린다. 머리를 비우는 유람선에서 힐링이다.

메르스 바이러스

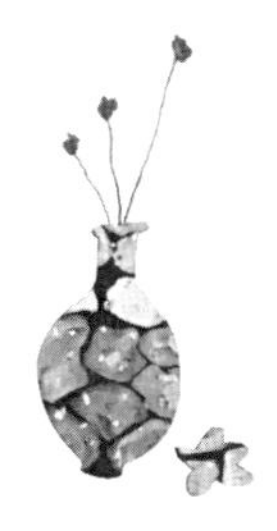

부산에서도 메르스 환자가 발생했다는 보도가 나왔다. 미처 감압 병실이 준비 안 된 병원은 곤혹을 치르고 있다고 했고, 추가 환자가 나타날까 긴장하고 있다.

병원마다 비상이 걸린 긴장된 날들이 지나간다. 날마다 뉴스에 귀를 세운다. 한풀 꺾인 듯 더 이상 환자가 증가하지 않았다는 소식이 있었지만, 아직 안심단계는 아니라고 조심스런 진단을 내리고 있다.

그런 와중에 초상이 났다는 연락을 받았다. 문상을 가야하는데 어떻게 하나. 전화로 연락이 닿은 사람은 다 같이 벌레 씹은 얼굴을 했을 것이다. 개중에는 어떤 핑계거리라도 찾고 있을 듯하다. 메르스는 호흡과 접촉으로 옮긴다고 한다. 와병 중에 있던 남편의 친구는 하필 이때를 만난 듯했다.

어떤 죽음이든 그 앞에서는 숙연해 지는 법이다. 상복을 입은 지인을 보니 꽁꽁 싸매고 온 마음이 순식간에 풀어졌다. 병이 깊다는 그때부터 헤어질 것을 예상은 했지만, 사진으로 밖에 볼 수 없다는 현실이 허망이라는 단어가 수없이 머릿속에서 일어나는 것 같다. 미망인을 보니 메르스가 어떻고 하는 생각은 어디로 가고 어느새 우리는 부둥켜안았다. 무섭고 외롭고 서러웠다고 했다. 친분이 있었다고 했던 사람들이 코빼기도 안 비친다며 섭섭한 마음을 비친다. 사람 많은 곳을 기피해야 하는 지금의 현실을 이해하라고 타일렀다.

우리는 집에서 나오기 전에 약속을 했다. 장례식장에서 절대로 음식을 입에 대지 말아야 한다고 했다. 물도 마시지 말자고 합의를 보았다. 되도록 짧은 시간에 그 곳을 나오자고 약속도 했다. 들어오는 차량에 샤워하듯 소독약을 뿌리는 것을 본다.

장례식장에 들어서니 입구에서부터 흰 가운과 마스크로 무장한 병원 측 사람들이 세정제를 손바닥에 올려준다. 분무기로 소독약을 전신에 뿌린다. 주소와 연락처를 기록하고 귀에 체온계를 댄다. 우리가 생각했던 것 보다 훨씬 철저하게 단속하고 있는 것을 보며 절로 몸이 경직된다. 우리는 두 사람이 온 것을 후회했다. 금방 나오자는 무언의 눈짓을 했지만, 마음먹은 되로 될지는 모르겠다는 마음도 들었다.

메르스라는 바이러스는 사람을 얼어붙게도 하고, 예의도 모르는 비인간으로 전락하게도 했다. 메르스의 공포에서 아무도 자유로울 수 없는 때에 문상오지 않았다고 그 사람을 비난할 수도 없을 것이다.

메르스를 치료하던 간호사와 의사가 감염이 되어 결국 사망했다는 뉴스를 접하는 많은 사람들은 경악을 금치 못했다. 안타까운 소식은 언제 끝날지 답답하기만 했다. 집안의 누구도 서울 큰 병원에서 근무하는 의사나 간호사가 한 사람도 없다는 것에 안도(?)해야 하는 현실이 참으로 아이러니라 하지 않을 수 없다. 무거운 병에 들면 서울의 유명병원에 아는 지인이라도 있는지 인맥을 찾는 것과는 대조적이다.

의학이 발달하고 고칠 수 없는 병이 없다고 하는데, 메르스라는 바이러스를 차단하는 예방약이 아직 없다는 것은 답답한 일이라 지면마다 개탄하는 글을 본다.

우리는 문상을 다녀온 그날부터 말수가 적어졌다. 가뜩이나 남편은 묻는 말에나 대답하는 사람이라 내가 입을 다무니 집안이 절집처럼 조용하다. 라디오도 들어주는 이 없으니 먼 잡음처럼 들린다. TV도 화면만 있고 소리가 없는 듯 했다. 우리는 말을 삼키며 혹 내가 염려한 일이 현실이 될까 두려워하고 있었다. '바이러스를 내게 옮겼으면 어떻게 한담, 격리당하고 말거야, 둘이다 걸렸으면 어쩌나 누구든 한사람이 옮겨 왔다면 남은 사람이 걸리는 것은 시간문제가 아닌가.

문상을 하고 이렇게 불편한 일은 처음이다. 하직인사도 제대로 못하게 하필이면 지금인지 불만을 토하기도 한다. 문상에서 흔히 보는 소주잔을 마주하고 망인의 생전의 모습을 추억하며 눈물을 찍어내던 본 모습은 메르스의 여파로 달라져 있다. 모두들 조용한 문상을 한다.

메르스는 일주일이 잠복기라 한다. 모임도 다 취소되었기에 당신은 신문을 보고 나는 컴퓨터에 눈을 팔고 묵묵하다. 일주일이 좀 빨리 지나갔으면 하는 마음도 들었다.

열흘이 되는 날, "그 사람은 메르스와 상관없다고 한말이 사실이었던 것 같다" 며 불안했던 마음을 털어낸다. 오랜만에 안개가 걷히듯 집안에 서서히 화색이 돈다. 음성판정을 받았다는 그 말을 못 믿은 건 아니지만 재수가 없으면 뒤로 넘어져도 코가 깨진다고 하지 않던가, 문상을 왔던 사람들은 다 같은 생각이었을 것이다. 자기 자신보다 소중한 것은 어디에도 없기 때문이다. 중동 호흡기증후군(메르스)라는 처음듣는 전염병이 2015년 4월 부터 시작해서 그 해 여름을 얼어붙게 하더니 12월에서야 종식을 선언했다.

친정엄마의 기일은 음력 구월 열엿새다. 더위를 타는 자식들을 생각했을까, 하늘 높고 바람 선선한 가을날, 보고 싶은 사람을 맘껏 그리워 할 수 있어 고마운 마음이 들 때도 있다.

죽을 때를 마음대로 택할 수는 없겠지만 '좋은 날 간다'는 노랫말처럼, 보내는 마음도 좋은 날로 기억하고 싶은 소망은 있다. 긴장과 불안으로 문상 한 일은 메르스와 함께 잊을 수 없는 일이 되었다.

튤립도 울었다

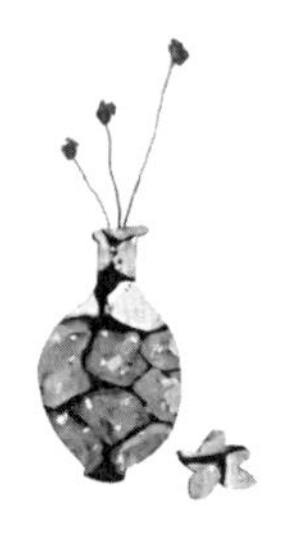

김해시 연지공원으로 봄나들이를 가는 날이다. 시로 승격되기 전, 읍에서 고개를 넘고 한참을 들어간 활천이 내가 태어난 곳이다. 김해에 가면 마음이 푸근하고 괜히 기분이 좋다. 왕릉에 들어가면 아기자기한 연못과 오래된 나무들이 옛이야기들을 줄줄이 들려줄 듯 마치 나를 기다리는 것 같기도 하다.

옛 가야국의 후손이라는 것도 자부심으로 한 몫 하고 있다. 박물관에 들어가면 하루가 모자란다. 김해가 내 고향이라는 것을 나는 자랑으로 생각한다. 어릴 적에는 은하사로 소풍을 간 적이 있다. 점심

밥을 먹고 도시락에 보리똥을 가득 따와서 엄마한테 자랑하던 그 곳이 꿈처럼 아련하다. 그때는 멀고 힘들었다 싶은데, 지금은 한 걸음에 훤히 달려 갈 수 있는 너무 빠른 길이 못내 아쉽기도 하다.

박물관역에서 기다리고 있는 두 올케와 손을 맞잡았다. 연지 못 둘레에 수양버들이 파란 그늘을 만들고 있다. 나지막한 아치형 다리 아래로 비단잉어들이 한가롭게 헤엄치고 분수에서 뿜어져 나오는 하얀 물줄기는 그림처럼 예쁘다. 아담한 연못 속에 커다란 잉어들이 꼬리를 흔들며 수초 속을 누빈다. 자유롭게 헤엄치던 비단잉어가 물밑의 검은 수초 속으로 숨어들고 있다. 분홍색과 흰색의 점박이 잉어가 기다려도 다시 보이지 않는다. 노랗고 빨간 예쁜 비단잉어들의 모습이 사라진 그곳에 물풀만 너울거린다.

아침의 뉴스가 떠오른다. 다 괜찮겠지! 나는 애써 생각을 그쪽으로 가지 않으려고 태연한 척 가장한다. 하지만, 마음 한 구석이 텅 비어있는 느낌 때문에 온전한 소풍은 아니었다. 쥐고 있던 소중한 뭔가를 놓아버린 듯 안타깝고 답답하고 속상하다.

화단에는 튤립이 한창 피어나기 시작했다. 빨간색과 노란색, 보라색도 있고, 옅은 분홍색도 있다. 그늘에 앉아서 화단의 꽃들을 바라본다. 언뜻언뜻 비치는 햇살사이로 꽃들의 웃음소리가 들린다 싶었는데, 환청처럼 울음소리가 들리는 듯 했다. 빈 흙관 속에 들어온 듯 갑갑하고 멍한 울림이 있다. 머릿속이 빈 깡통이 된 것일까, 가위에 눌린 듯 답답하기도 하다. 줄지어 선 튤립도 고개 숙여 우는 듯 슬퍼 보였다.

맛있는 음식을 먹어도 그 맛이 느껴지지 않는다. 잊고 있었던 아침 뉴스가 또 생각났다. 핸드폰으로 TV를 켰다. 그랬다 사고 소식을 듣는 순간 깜짝 놀랄 만큼 충격을 받은 일, 큰 배가 가라앉고 있다는 소식을 접한 많은 사람은 다 놀랐을 것이다. 수학 여행길의 학생들이란 말을 듣는 순간 감전된 듯 전율했다. 실종자가 2백 명을 넘는다고 했다. 아나운서는 긴장된 얼굴로 열심히 사고의 진위를 알리기에 바쁘다. 더 기막힌 것은 아직 고등학교 2학년 열일곱 살의 꽃봉오리들 이라는 것이다, 활짝 피어나야할 꽃봉오리들.

수학여행이 죽음의 길이었다니, 너무나 기막히고 안타까웠다. 차가운 바닷물에 갇혀 숨도 못 쉬고 애타게 구조를 기다리고 있는데, 빨리 배 밖으로 탈출해야 하는데… 아이들아 가여운 아이들아,

우리는 서둘러 집으로 돌아왔다. TV를 켰다. 생존자 168명 사망자 4명 실종자 284명. 어느 엄마가 가슴을 치다가 실신해서 들것에 실려 나가는 것이 보인다. 수학여행의 즐거움을 가득안고 배에 올랐을 아이들은 이제 엄마 품으로 돌아오지 못하는 것인가, 제발 차가운 그 곳에서 살아나오라고 소리치고 싶다, 갑자기 배가 기울어 졌다는 소리를 들으며 급박했던 순간에 용케도 살아나온 아이들의 증언은 "움직이지 마라"고 명령한 어른이 있었다는 것이다. 자식의 생

사도 모르는 부모들의 심정은 억장이 무너진다. 현장에는 대통령의 모습도 보인다. 그러나 차가운 바닷물 속에서 여덟 시간을 넘기면 생존가능성은 희박하다는 것이다. 그렇다면 실종자는 어떻게 된다는 것인가, 아이들은 어떻게 된 것일까!

오래전에 구포열차 전복사고가 있었다. TV에서 사고소식을 알리고 있었다. 무심코 바라본 그 화면에는 구포 역으로 들어오던 열차가 화명동을 지나면서 지반이 무너져 땅 밑으로 전복됐다는 것이다.

남편이 모임에서 등산 간 날이었다."아마도 오후 여섯시에 구포역에 도착해서 집에 오면 여섯 시 반에서 일곱시면 될거다" 하고 나갔다. 여섯시에 화명동에서 구포역으로 들어오던 열차라면 남편은 저 열차를 탔을 것이다. TV화면을 보고 있던 나는 펄쩍 뛰어 일어났다.

열차사고 근처에는 폴리스라인이 처져있고 경찰들은 접근을 막고 있었다. 발을 동동 구르며 부상자가 입원해 있다는 병원으로, 사망자가 있다는 곳으로 그의 이름을 찾아보았지만 없었다. "이름이 없다면 아마도 차 밑에 깔렸지 않겠냐"고 경찰이 말한다. 남편은 분명 차 밑에 깔렸을 것이라 생각했다. 눈앞이 뿌옇게 흐려지더니 나는 풀썩 주저앉고 말았다. 아이들이 있으니 정신을 차려야 한다는 큰동서의 말은 소음처럼 들렸다…, 혼이 빠졌다는 말은 이럴 때 하는 말인 듯 했다.

그의 취미는 낚시였다. 낚싯바늘에 걸려 팔딱이는 물고기를 들고 올 때면 나는 도망이라도 가고 싶었다. 아직 살아있는 생선에 칼을 들이댈 생각을 하면 온 몸에 소름이 돋기도 했다. 낚시를 그만두고 등산을 가라고 적극적으로 떼 민 사람은 바로 나다. 어디다 원망도 할 수 없다. 열차 밑에 깔렸을 지도 모르는 그 답답한 순간에도 나는 그냥 멍하다가 우는 것 말고는 아무것도 할 수가 없었다.

휑한 가슴을 누르고 집 앞에서 택시를 내리는데, 저편 가로수 뒤에서 불쑥 나타나는 사람이 있었다. 그는 살아있었다. 내 앞으로 걸어오는 그 사람에게 시숙이 먼저 달려가 등짝을 두들기는 것을 보았다.

사고는 순식간에 일어나는 것 같지만 예견된다. 부실한 지반을 관리 못해서 일어난 열차사고, 정량보다도 훨씬 많은 물량을 운송하려 했던 세월호의 욕심이 사고를 불렀다. 항해사의 미숙한 운항이 제일 큰 주범이라고도 한다.

나는 불현 듯, 그 옛날의 놀랐던 순간이 되살아나면서 어제 일이듯 가슴을 쓸어내린다. 자식의 생사를 모르는 그들 부모의 마음을 어떤 말로 표현을 할 수 있을까 언제까지나 잊지 않고 기억할 것이다. 가슴에 두 손을 모아 본다.

2014. 4/16. 가슴 아픈 사고가 난 날, 그날의 슬픔을 나는 이렇게 적었다.

벌침

'박범신 소설가의 집필실'을 보러갔다. 작은 공간이지만 깨끗하고 조용한 별장 같았다. 집 내부는 주인이 출타중이라 볼 수 없었다. 문틈새로 집필실을 기웃거리며 영화 '은교'를 떠올려 보기도 한다. 영화 속 노시인의 말을 보면 '늙는다는 게 벌을 받는 것은 아닌데…,' 하는 말이 있다. 늙으면 아무 감성도 없는 줄 아는 젊은이들에게 사랑하는 감정은 나이를 먹어도 변함 없다는 뜻일까, 작가는 작품을 통해 자기 내부의 고백을 하기도 한다는데 박범신 본인의 독백은 아닌지 모를 일이다. 늙어 간다는 것은 자연현상이지 벌이라 생각하는 사람은 많지 않을 것이라 생각하는데 소설은 허구라지만, 책속의 노 시인의 말이라면 가능할 것 같다.

집 뒤를 돌아가니 미니정원이 있다. 가을 국화가 노랗게 물들고 작은 연못 속에는 물고기가 놀고 있었다. 나무와 나무사이를 연결한 요람에 앉아 보려고 차례를 기다렸다. 마침 맞은편 긴 나무의자에 앉으려고 엉덩이를 놓으려는 순간, 악 하는 비명과 함께 튕기듯 일어났다. 왼쪽 엉덩이를 날카로운 무엇이 찔렀기 때문이다. 내 행동이 이렇게 빨랐는지 자신도 의심이 들 정도다. 그 와중에도 내 이상한 행동을 누가 본 사람은 없는지 둘러본다. 무엇이 나를 이렇게 놀라고 아프게 하는지, 나무 까스라기라도 있는지 궁금했다. 손바닥으로 가만히 의자의 나무 바닥을 쓸어보았다. 아무것도 걸리는 것은 없다. 뭐지? 한참을 보고 있는데 틈새에서 노란 줄무늬의 벌 한 마리가 머리를 쏙 내밀며 올라오는 것이었다. '내가 쏘았다' 하는 것 같았다. 아, 벌이다 벌에 쏘였다. 노란 머리띠를 한 벌을 본 순간, 다리에 통증이 오는 것 같다.

어느 해 가을, 산청 약초축제에 간적이 있다. 축제라는 플랜카드가 말하지 않아도 한약 냄새가 고을 들머리부터 퍼지고 있었다. 산마를 사고, 궁금했던 헛개나무에 대해서도 묻고 한약차를 마시기도 하며, 체험하는 장소에서 나는 벌침을 맞았다. 벌침은 두통을 낫게한다고 했다. 성냥갑만한 나무상자를 열고 핀셋으로 벌을 집어내어 침 맞을 자리에 놓자마자 벌은 쏘았다. 그리고는 파르르 날개짓을 하더니 움직임이 없다. 잔인하게도 그들의 본성을 이용하고 있는 사람중에 나도 한 몫하고 있었다. 벌침을 맞은 나는 간이침대에 잠시 누워있어야 했다. 두통이 나았는지는 모르겠지만 내가 벌 한 마리를 죽였다는 것은 확실했다.

지구상에서 벌이 사라지면 사람도 살수 없다고 한다. 아인슈타인은 "꿀벌이 사라진다면 인류는 4년 안에 멸종 하게 될 것"이라 했다.

원인은 여러 가지로 밝혀지고 있지만, 지구온난화와 전자파와 유전자조작 식물에 있다고 한다. 사람들의 편리함이 만들어낸 결과이다. 언젠가는 벌이 사라지고 사람도 사라지는 무서운 재앙이 올 것이라 학자들은 예고한다. 높은 산 곳곳의 기지국에서 전자파를 쏘고 있는 그 아래 벌들이 집을 못 찾아 죽고 만다는 것이다. 제일 가까이 핸드폰부터 사라져야 한다는 것이다.

나무의자 틈새로 머리를 내민 노란 줄무늬의 벌은 덤비면 한방 더 쏘겠다는 폼으로 날개를 부풀리며 내 머리 위를 빙글 돈다. 나는 엉덩이를 감싸고 얼른 달아났다.

벌침을 맞았으니 횡재했다는 사람도 있다. 살갗에 꽂혀있을지도 모를 벌침을 뽑아야 한다는 사람도 있다. 침 맞은 쪽 엉덩이가 정말로 뻣뻣하고 손으로 만져보아 오백 원짜리 동전만큼 부풀어 올랐다. 점점 왼쪽 다리가 마비가 오는가 싶었다. 그러나, 내 생각과는 달리 나는 멀쩡해져갔다. 벌이 쏜 자리는 따끔거렸지만 더 심하지는 않았다.

곁에 있던 변 선생이 걱정하는 얼굴로 다가온다. "약을 바르면 좋을 텐데…." 한다. "괜찮아 지겠지요" 말은 그렇게 하지만 내심 걱정은 되었다. "버스 저 뒤쪽으로 가서 엉덩이를 내 놓으세요 내가 약을 발라 줄 테니…," 유 선생도 곁에서 거든다. "지난번에 '오키나와'에 갔을 때 내가 그 약으로 효험을 봤어요" 한다. 여자들끼리니 어떻겠느냐 한다. 아무리 여자들끼리지만 그건 좀… "약을 손끝에 조금 묻혀주면 내가 아픈 곳에 바르겠어요"했다.

변선생이 백에서 꺼낸 약은 아르마 향수였다. 내가 좋아하는 향이다. 손끝에 한 방울 올려 벌이 쏜 자리를 찾아 더듬어 가다가 옷에다 묻히고말았다. 다시 한 방울을 얻어 정확하게 찍어 눌렀다. 온 몸에 아로마 향이 피어났다.

우울모드에서 밝음 모드로 바뀌고 있다 기분이 좋아졌다. 향수를 약처럼 바르고 나니 정말로 직방약을 바른 듯 따끔거리던 증세가 사라졌다. 걸어도 움직여도 걸리는 것이 없으니 기분까지 좋아졌다. 묘약을 갖고 다니는 지혜로운 사람이 곁에 있어 얼마나 다행이고 고마웠는지 모른다.

고향 골짜기에 있는 복숭아밭에 갔을 때다. 복숭아나무에 노란봉지가 꽃처럼 달려있고, 풀이 제 세상 만난 듯 자랐지만 내가 할 수 있는 일은 없었다. 아직 어린대추는 풋내가 날 것 같다. 일을 할 수

잎어서 아무 일도 없는 듯 보였지만, 밭에는 일거리가 널려있다. 지난봄에는 풀을 뽑다가 풀독이 올라 고생을 많이 했다. 그 뒤부터 밭에는 들어가지 않는다. 약을 친다고 하니 멀리 나가있어야 했다.

산딸기가 있을 만한 곳을 찾았다. 산딸기는 그냥 스쳐보면 안 보인다. 자세히 보아야 파란 잎사귀 속에 숨어있는 산딸기를 볼 수 있다. 빨갛게 잘 익은 산딸기는 손으로 살짝만 건드려도 또르르 흘러내린다. 탐스런 산딸기는 사진을 먼저 찍는다. 손이 닿는 곳은 다 땄는데, 조금 높은 곳에 잘 익은 딸기가 눈길을 잡는다. 발을 뻗디뎌 산딸기에 손이 닿으려는 순간 벌이 나타났다. 놀랄 사이도 없이 손등을 쏘고 달아났다. '나비처럼 날아서 벌처럼 쏜다'했는데 정말 번개처럼 빠른 놈이다. 손등은 따끔거리며 가렵다가 부풀어 오른다.

농촌은 한가한 것 같지만 모두가 바쁘다. 벌은 꿀을 모아야 하고 농민들은 농사에 전념하며 땀 흘리는 이 때, 딸기를 딴다고 걸리적거리는 내가 못 마땅했을 것이 틀림없다. 벌도 같이 사는 부지런한 그곳 사람들에게는 함부로 침을 들어내지 않는다고 한다.

삼베적삼

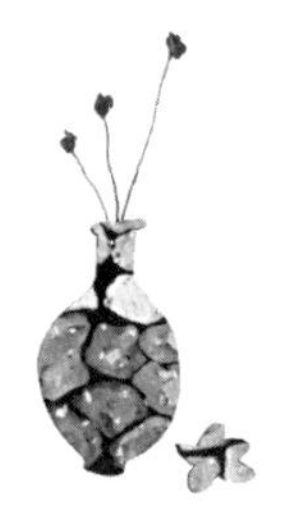

삼베 홑이불이 힘을 잃고 늘어지면 세탁하여 풀을 먹일 때다. 홑이불은 삶아 햇볕에 널어놓고 그 사이에 밀가루 풀을 쑤었다. 풀을 식히는 사이 빨래는 금방 보송보송하다. 넓은 대야에 풀물을 만들고 삼베 홑이불과 남편의 셔츠를 넣어 골고루 주무른다. 이때 시어머님의 삼베적삼이 여기에 들어 있어야 아귀가 맞는 푸새가 된다.

어머님의 생신이 다가오는 초복과 중복사이, 날씨는 불로 달군 화덕 같았다. 무더운 날씨는 부엌에 선 사람을 더 힘들게 했다. 지금처럼 식당에서 해결하던 때가 아니었다. 어머님의 생신 음식은 모두 우리 부엌에서 만들어야 했다. 팥 찰밥과 미역국은 빠질 수 없는 주 메뉴였고 과일과 냉 콩국, 각종 나물류, 불고기, 생선, 잡체를 더하면 얼마나 손이 많이 가는 일인지 모른다. 생신이 일 년에 한번이라는 것이 다행이라 생각하기도 했다. 열심히 한다고 했지만, 내가 만든 음식이 흡족하지 않았을 수도 있었는데, 오히려 어머님은 친구분들을 모신자리에서 며느리 칭찬을 아끼지 않는 바람에 나는 몸 둘 바를 몰랐다.

어머님은 여름 한 철을 삼베적삼 두 벌로 나셨다. 삼베는 모시보다 올이 굵고 누런빛이 돈다. 손으로 만져보면 모시보다 확실히 거칠다. 촘촘하지 않고 성글어 땀이 많은 사람은 꼭 삼베옷을 입는다.

삼베는 막걸리와 잘 어울릴 것 같다. 무덥던 해질녘에 어머님이 막걸리를 한 병 갖고 오셨다. 주전자에 막걸리와 사이다 한 병을 섞어 우리는 마주 앉아 한 잔씩 마셨다. 소주와 맥주를 섞은 소맥처럼, 막사이를 한 것이다. 한 잔만 마셔도 얼굴이 홍당무가 되는데, 술 같지 않은 달달한 맛에 나는 세 잔을 마시고 누워 버렸다. 어머님은 엄마처럼 보이고, 남편은 이웃 아저씨 같아 보이기도 했다. 어머님은 곱게 손질된 모시 적삼은 옷장에 걸어두고 삼베적삼을 즐겨 입으셨다. 경로당에서 눕고 앉을 때에도 부담스럽지 않고 음식이 흘러 얼룩이 생겨도 원래의 누런빛 때문에 두드러지지 않아 만만하다 하셨다.

풀을 먹인 삼베옷은, 햇볕에 따라 각을 세우기도 하고 손등을 할

퀴기도 한다. 그 성질을 다독이며 다소곳하게 숨죽이게 하는 것이 중요하다. 분무기로 물을 뿌리면 아무리 억센 삼베옷도 물기 앞에는 맥을 못 춘다. 또 손으로 잡아 늘이고 눌러 보에 싸서 발뒤꿈치로 꼭꼭 힘을 주어 밟아야 한다. 저녁밥 먹을 동안 잠시 빨랫줄에 늘어두면 저녁 이슬을 맞은 빨래는 한풀 꺾여 부드럽고 나긋나긋해서 다림질을 할 때도 손쉽게 구김이 펴진다.

잘 다림질된 옷을 옷걸이에 걸어두면, 어머님은 흐뭇해 하셨다. 아침에 경로당으로 향하는 발걸음도 한결 가벼워 보였다. 잠깐 지나가는 소나기를 만나서 적삼모양이 다 망가졌다며 민망해하실 때에도, 다림질해서 반듯하게 말려드리면 “금방 푸새한 새 옷 같다”며 좋아하셨다.

그 때는 번거롭고 손이 많이 가는 이런 옷을 굳이 입어야 할까하고 불평도 했었다. 요즘은 시원하면서 땀도 잘 흡수하고 다양한 소재의 여름옷이 나오고 있지만, 땀이 줄줄 흐르는 한 여름에는 풀먹여 깔깔한 삼베옷이 제격이란 생각이다. 비 오는 날, 애호박 송송 썰어 조갯살로 맛을 낸 수제비를 끓인다. 어머님은 넓은 국수 대접에 곱빼기로 잡수셔야 “잘 먹었다”며 수저를 놓았다.

당신 큰딸이 “엄마 좋아하는 호박 가져왔다”며 내려놓는다. 누렇게 잘 익은 호박이다. 어머님이 활짝 웃는다. 오랜만에 보는 딸도 반갑고, 호박죽 먹을 생각에 기분이 좋으시다. “그놈 참 잘생겼다” 하시며 연신 쓰다듬는다.

"호박이 몸에 좋단다" 하며 은근히 언질을 준다. 날 잡아 신문지를 펴고 호박에 칼을 들이댄다. 잘 익은 호박은 살집도 좋다. 갈라지지 않겠다고 버티던 호박이 내 뜻을 받아들인다. 갈라진 노란 속살에 농부의 땀방울이 송글송글 맺혀있다. 흥부의 박이 갈라지듯 황금빛 노란 호박 속에 질서정연한 호박씨를 본다. '설빙'같은 얼음가루가 금빛으로 반짝인다. 사박한 구릉의 결을 들여다보는 어머님 얼굴도 황금빛이다. '우리 밭에서 제일 큰 호박이다'하던 딸의 말에 어머님은 '오냐 오냐' 했었다.

얇은 숟가락으로 속을 긁어내어 물기를 머금은 촉촉한 속살에 밀가루를 섞어 골고루 치대며 간을 한다. 들기름으로 잘 달구어진 팬에 노란 호박이 펴지며 호박파이가 익어가고 있다. 첫 솥의 음식은 어른에게 먼저 맛보여야 한다고 살짝 일러준 언니의 말을 기억한다. 노릇하게 잘 익은 호박파이 한 접시를 어머님께 드린다. 간이 어떤지 묻지 않아도 어머님은 때맞추어 말씀하신다. "호박이 참 달다 맛있다" 어머님은 많이 잡수시는 것이 당신 탓이 아니라는 듯 "늙은 섬에는 곡식도 마이 들어간다" 하신다. 처음에는 못 알아듣고 갸웃 했지만, 노릇하게 구워진 호박부침개를 어머님 앞으로 여러 번 나르다 보면 알 수 있다. 호박죽은 또 얼마나 좋아하시든지, 하얀 새알심과 팥알이 씹히는 호박죽은 어머님을 즐겁게 하는 것 같았다.

어머님과 같이 보낸 세월에 강산이 세 번 바뀌었다. 어머님이 영 떠나시던 날, 휑하니 빈 방에서 바람구멍 숭숭한 등지기를 입은 듯 내 어깨가 시렸다. 아무리 가깝게 지내는 고부지간이라도 어찌 미운 구석이 없을 것인가 하지만, 어머님은 필요이상의 말은 속으로 감추고 싫은 내색은 하지 않았다. 둘째와 산다는 것이 마음에 부담으로 남았을지도 모른다. 마지막 돌아가실 때에는 억지로라도 큰아들네로 가시지 않을 수가 없었다. 어머님을 챙겨야 할 내가 갑자기 병원 신세를 져야 했기 때문이다.

시어머니와 며느리의 관계는 전생에 엄마와 딸이라는 어느 스님의 말씀이 생각난다. 시어머니는 내 전생의 엄마였고 나는 그 딸이었을지도 모른다.

이제 남편의 모시셔츠를 다림질 할 때다. 하나하나 살피며 다림질이 끝났는데, 허전하다. 어머님의 깔깔한 삼베적삼이 새삼 만지고 싶다.

안개

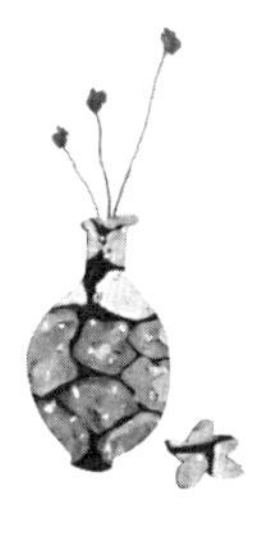

어제는 비가 내리더니 아침이 되어도 하늘은 잔뜩 무거운 얼굴이다. 성질을 다 부리지 못한 뽀로통한 미운 일곱 살 같다.

산길은 미끄러울 것 같아 강변길로 나섰다. 8차선 도로에 차들이 서행하고 있다. 건널목 신호를 기다려 강이 보이는 곳으로 왔다. 강에는 뿌연 안개가 가득차서 온통 구름 덩어리 속에 들어온 것 같다. 강변 포장길은 100m 앞이 보이지 않는다. 안개가 이렇게 짙게 낀 날을 그다지 본적이 없다.

강물에는 철새가 있는지 어떤지, 안개에 가려 보이지 않고 잘방거리는 얕은 물위로 청둥오리 두어 마리 동동 떠 있다가 사라졌다. 갈매기 한 마리가 기다란 날개를 펴고 머리 위를 스치듯 지나간다. 안개는 점점 더 짙어지며 50m앞에 걷던 사람이 안개 속으로 사라졌다. 길은 그대로인데 낯선 곳에 온 듯 답답하고 어리둥절하다. 어디쯤에서 사람소리가 들리는 것 같았는데 보이지 않는다. 웅성거리는 소리는 형체를 알 수 없는 도깨비 같다. 보이지 않는 곳에서 무슨 일이 일어나고 있는지 긴장되고 조심스럽다. 맑은 날인데 혼자 안개낀 현상을 느낀다면 어떨까! 세상이 전부 안개에 젖은 듯 보인다면 그건 지옥 같을 것이다.

지난 밤 늦게까지 들고 있었던 책이 생각난다. '신곡神曲'중에는 '연옥'편이 있었다. 무서운 지옥을 거쳐 나온 '단테'의 앞에는 찌를 듯 솟아있는 '정죄산'이 막아있다. 오만, 시기, 분노, 태만, 인색과 낭비, 탐식, 애욕, 등 '정죄산'의 비탈을 지나면서, 하나씩 속죄하고 하나씩 회계하고, 하나씩 사라져야 '천국'으로 갈 수 있다는 것이었다.

사람만이 가질 수 있는 일곱 가지 감정, 생각이 모두 죄가 된다면 죄를 짓지 않은 자가 몇이나 될 것인가, 안개 속 같은 천국은 그래서 어렵다고 말하는 것 같았다.

보는 이 아무도 없고, 보이는 사람이라곤 하나도 없다면 그곳이 천국이라 말할 수 있을까. 사람이란 한자어는 두 사람이 기댄 모습이라 했다. 있어도 보이지 않는 안개속의 세상에는 사람이 살지 못하는 세상이다. 이 안개 속을 통과하면, 작은 허물이라도 다 벗어버리고 새로 태어나는 어린아이의 순수함으로 돌아가는 길이라면 참을 수 있겠다. 안개를 걷어갈 시원한 바람은 쉽게 불어오지 않았다.

안개가 낀 몇 시간 동안에 비행기는 200편이 결항되었고, 바닷길도 묶여 움직이지 못했다는 보도였다. 안개는 모든 소통을 방해한다. 또 안개는 사람의 감정도 차단하는 것 같다. 무섭고 외롭다는 감정표현도 상대가 못 읽어내도록 차단하는 것 같다. 짙은 안개는 깊이를 알 수없는 늪을 떠올린다.

맑은 날 이 곳은 아름다운 강변공원이다. 작은 물줄기도 다 받아안고 바다로 같이 가는 넉넉한 낙동강의 자락이다. 잔잔한 강물에는 물위 세계가 궁금한 물고기들이 자주 뛰어올라 어! 하며 놀라는 사람들을 놀리기도 했다. 한가한 그런 날은 걸음을 멈추고 잠시 돌계단 위에 앉는다. 파란 하늘과 구름사이로 비행기가 지나가고 철새가 줄지어 날던 그날이 참 좋은 날이었다. 강변길에서 만나는 사람들은 나와 비슷한 행동들과 말씨로, 수다든지, 콧노래든지, 목례든지, 낯익은 모습으로 앞서거니 뒤서거니 비켜가곤 했었다. 평온했기에 무심히 보냈던 일상들이 얼마나 소중한 날이었는지 안개에 갇혀보니 알 것 같다.

흰 구름이 둥실 떠있고 바람이 살랑이며 안개가 오래 머물지 못해서 더 맑고 더 높은 가을하늘, 고국의 하늘을 그리워한 田惠隣 그를 생각한다. 그는 독일의 유학 생활을 이렇게 표현했다. "공원에서 가끔씩 만나는 사람 중에 같은 피부색, 같은 동향인을 한 사람만 만났어도 이렇게 고독하고 외롭지는 않았을 것"이라고 적었다. 그의 향수병은 끝내 생을 마감할 때 까지 따라다녔다고 한다. 남의 나라 안개 짙은 공원 벤취에 앉은 가녀린 그녀. 얼마나 힘들고 외로웠을까, 우리의 가을 하늘은 또 얼마나 높고 아름다운가.

오늘처럼 안개 짙은 날에는 비행기도 철새도 길 잃을까봐 나서지 않는다. 안개는 쉬이 걷힐 것 같지 않고 아무도 없는 홀로 산책은 걸음이 더 나아가지 않았다. 강변길을 버리고 자동차길 8차선의 인도로 올라섰다. 가로수들도 축축한 안개에 젖어 움직이지 않는다. 차들도 안개 짙은 넓은 도로가 부담스러운지 조심하는 눈치다.

우리집 출입문에 '立春大吉 建陽多慶'이란 글귀를 붙였다. 솜씨 좋은 이웃집 교수님의 글씨다. 새 봄에도 좋은 일이 많이 일어나기를 바란다는 뜻이겠다.

빗물이 유리창을 적시고 있다. 비가 그치면 또 한 번의 꽃샘추위가 있을 것이다. '입춘'이란 말은 봄 맞을 준비를 할 때라고 알리는 것 같다. 겨울자락을 밀어올리고 땅 밑에서 봄이 오는 신호를 보낸 것이다.

화분의 전잎을 손질 한다. 바람이 불어 안개가 걷힐 때면 구석구석 겨울 먼지를 털고 봄맞을 채비를 해야지.

약국에서

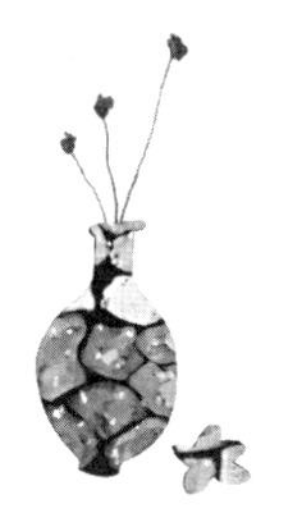

“어르신, 요렇게 표시해 둔 것은 점심약이고 이것은 아침약입니다 알겠습니까”

얼굴이 해쓱한 할머니는 약사의 얼굴을 쳐다보고 있다. 대답하는 소리는 작았지만 조금 떨어진 의자에 앉은 나도 들을 수 있었다. “어르신, 잘 알겠습니까 대답을 하셔야죠, 그렇게 빤히 처다만 보면 내가 답답하죠 무슨 말인지 아직 모르겠습니까”

한톤 높아진 약사의 목소리에 짜증이 묻어있다고 생각했다. 순간 하얗던 할머니의 얼굴이 붉은 혈색이 돈다 싶더니 눈동자에 힘이 들어간다.

"뭐? 어르신 아직 모르겠습니까, 뭐 이런 사람 다 있어, 내가 대답 했잖아 알았다고" 카랑카랑한 목소리다. 흰 까운의 남자는 순간 흠칫한다. "매번 병원 올 때 마다 이 약국에 오는데, 그때마다 이런 식이네, 아주 건방지고 못됐어! 우리가 약 타러 와서 이 약국에 덕이 됐으면 됐지 그래, 내가 세 살 베기 아로 보이나? 사람을 너무 무시해. 아무리 나이를 먹었기로 이정도 글자도 모르는 무지랭이로 뵈냐. 세상에 니~만 잘났어? 나쁜 놈." 단단히 벼루고 있었던 것처럼 할머니는 또렷또렷한 목소리로 듣고 있는, 기다리는 사람들이 어느새 할머니의 '우리'라는 말에 휩쓸려 들었다. 할머니는 창구의 남자를 꾸짖으며 눈길을 한 번씩 기다리는 사람들을 처다 보며 응원을 기다리는 같았다. 의자에서 순서를 기다리던 사람들은 너도나도 상황을 보려고 일어선다. "내 그럴 줄 알았다, 건방져도 한참 건방지지" 쑤군거리는 소리가 제법 크게 들렸다. 누구 나서는 사람은 없었지만 할머니의 말에 동의하는 모습이다.

치과 치료를 하고 얼얼한 상태에서, 약국에서 처방약을 받으려고 기다리던 때였다.

감히 약사한테 큰소리를 치다니 할머니 대단해, 하는 소리가 들리는 것도 같았다. 고개를 딴 곳으로 돌린 창구의 남자를 모두들 힐금힐금 쳐다본다. 큰소리로 약사를 나무라던 할머니는 돈을 소리 나게

쾅 놓고 약을 움켜쥐고 유리문을 밀치고 나가버렸다. 약국은 다시 조용해 졌지만 창구에 선 흰 가운의 남자는 목소리가 한결 낮아졌다. 그런데 무언가 고개를 갸웃하게 한다. 그 할머니는 다리가 아픈지 일어설 때만 해도 엉거주춤 폼이 그랬는데, 저렇게 씩씩하게 걸을 수 있었더란 말인가 화가 나면 자신이 어디가 아프다는 사실을 잠시 잊는 모양이라고 생각했다.

약사는 아니어도 흰 가운 입고 약을 내주는 일을 하는 사람을 대부분의 사람들은 약사라 생각한다. 약사라면 안정적인 직업이고 우리 몸에 직접적인 영향을 주니 대단한 사람으로 인식되고 있기 때문이다. 반듯한 직장 구하기 어려운 요즘에는 젊은이 들이 찾는 선망의 직종이기도 하다.

늙으면 몸 여기저기가 편치 않아 병원 찾는 일이 많다. 약을 잘 챙겨 먹으면 걱정할 것 없다는 소리를 기다린다. 그러나 약사가 아닐지도 모르는 사람한테서 노인이라는 이유로 짜증 섞인 가르침을 받은 할머니는 마음 많이 상한 것 같았다

흰가운 입은 창구의 남자는 아직도 할머니의 노한 이유를 모르겠다는 듯 한결 목소리만 낮아져 있을 뿐이다.

나이든 사람이라고 지나치게 가르치려 하면, 무시당한다는 느낌에 기분 나쁠 수도 있다. 그 속에는 나도 한 때 너보다 잘 나갔다는 뉘앙스가 깔려 있기도 하다.

시니어들을 위한 신 개념의 '실버산업'이 뜨고 있다. 젊은이 못지 않게 새로운 것을 배우겠다는 열의도 대단하다. 시간적 경제적 여유가 있는 실버고객을 면세점들도 모셔가기에 앞장선다고 한다. '노인 한사람이 사망하면 박물관 하나가 사라지는 것과 같다'는 말도 있다. 지나온 세월만큼 지식도 풍부해서 살아있는 백과사전과 같다는 말도 한다. 젊었을 적에는 감히 엄두도 낼 수 없었던 해외여행도 자주 간다. 자식들에게 의지하지 않겠다는 완고함도 있다. 나이든 어른이라 무조건 대접하는 것 보다는 동등한 예우를 바라는 것이 확실하다. 어르신은 잘 모를 것이라는 짐작으로 가르치려 들면 자존심을 건드리는 것이 된다.

엄밀히 따지면 창구에서 약을 내주는 사람은 약사가 아닐 수도 있다. 병원에서 받은 처방전을 보고 약사가 조제한 약을, 창구에 선 사람은 설명하고 돈을 받는 점원인 셈이다. 그러나 작은 약국에서는 약사가 조제부터 창구까지 다 하는 약국도 있다. 좀 큰 약국에는 점원이 여러명 인 예도 있다. 집안에 약사가 한명 만 있어도 약을 남용하는 일은 없을 것이란 뉴스를 본적이 있다. 그래서 너도 나도 내 아들딸이 약사라는 직업을 가지기를 바라기도 한다

잘 아는 지인의 딸을 결혼 시킬 때였다. 사윗감은 뭐하는 사람이냐는 말에 '약사'라고 했다. 약사라면 안정된 전문직인데, 인물도 좋다하니 사위 잘 본다고 다들 부러워했었다. 지인의 딸은 결혼 후 쌍

둥이를 낳았다고 자랑했다. 그런데 얼마 후 딸이 이혼하게 생겼다고 한다. 사위가 약사가 아니라 약국점원이라는 것이었다. 약사라고 속였다가 결혼 후에 알았으니 사기 결혼이라며 분개했다. 친정에서는 아이들을 생각해서 어떻게든 이혼은 막아보려고, 목돈 들여 제법 번듯한 약국을 차려주었는데, 얼마 못 가 또 빈털터리가 되었다는 것이다. 약국이 안 되는 이유는 고액의 약사를 고용한 때문이라고 한다.

약국도 달라져야 한다. 경륜이 많은 사람에게 이렇고 저렇고 가르치려 들면 곤란하다. 설명과 가르치는 것은 엄연히 다르기 때문이다.

우리동네 약국에는 항상 웃음으로 손님을 맞는 젊은 약사가 있다. 머리가 지끈거려 편두통 약을 사러 갔는데, 창구의 약사는 기분 좋은 안심 약을 처방한다. "약을 먹어 간을 힘들게 하는 것 보다, 좋았던 일을 자꾸 생각하다보면 편두통은 저절로 낫습니다." 한다. 약사의 말에 동감하며 내게 좋았던 일이 무얼까 고심하다가 손주 녀석의 동영상을 보기로 했다. 폴짝폴짝 뛰며 노는 모습이 너무 귀여워 따라 웃다보니 어느새 머리가 아팠다는 사실을 잊어버린다. 이제 약국은 약만 팔면 안 될 것이다. 친절을 덤으로하고 가족처럼 다가가야 좋은 약국이라 할 것 같다. 우리 골목 약국에는 늦도록 불빛이 환하다.

폐선

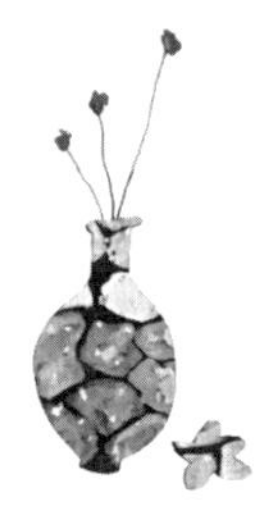

앞집 할머니가 이사를 간다. 있는 듯 없는 듯 조용하고 미소가 고운 할머니였다. 이삿짐을 나르는 일꾼들의 소란스런 소리가 들려 나와 보았다. 아직 겨울 털모자를 눌러쓴 자그마한 몸집에 허리와 엉덩이가 구분이 안 되는 할머니다. 나는 할머니의 손을 잡고,"어디를 가시던지 건강하세요." 인사를 한다. 아들네로 들어간다고 한다. 할머니와 같이 살 사람이 누군지 가늠해 보았다. 멀찌기서 "어머님 이건 버릴거지요?"하는 소리에 고개를 돌려보았다. 할머니는 그렇다 아니다 대답 없이 머뭇거리기만 한다. 며느리의 목소리에 제법 힘이 들어있어 보인다.

"할머니가 계신 곳이 제일 좋은 곳이다 생각하십시오, 잘 가십시오"했다. 할머니는 고맙다며 내 손을 잡는다. 이삿짐 나르는 사람들만 분주하게 움직이고, 정작 이사 가는 사람이나 가족들은 할 일없이 구경만 할 뿐이다. 평소보다 소란스런 소리에도 이웃에서는 아무도 나와 보는 사람이 없다. 요즘사람들은 모두가 바빠서 남의 일에는 별 관심을 보이지 않는다.

할머니는 내 두 손을 꼭 잡는다. 우리 할머니처럼 따듯한 손이다. "그래요, 잘 있어요. 내가 댁한테 전화를 하고 싶은데, 전화번호를 좀 적어주면…" 할머니는 말끝을 흐린다. 생각지도 못한 할머니의 말씀에 둘러보았지만, 할머니는 전화기가 있을 리 없었다. 종이도 펜도 없다 굳이 번호를 남겨주려면 방법은 있었지만 그만 두기로 했다. 아들네로 들어간다고 했는데, 살던 이웃에게 안부전화를 하겠다면 반갑게 도와줄 것 같지도 않을 것이란 생각에서다. 그냥 할머니의 말을 듣고도 못 들은 척 하는 며느리를 보았기 때문인 것이다. "언제 한 번 놀러 오셔요" 연세 많은 할머니에게 내가 할 말이 아니라는 생각이 스쳤지만, 겸연쩍은 순간을 그렇게 슬쩍 넘겼다. 할머니는 내 마음을 알았는지 빙긋이 웃었다 그 표정이 가을바람처럼 스산했다.

사실 할머니와 나는 별로 친하게 지내지 않았다. 어쩌다 마주치게 되면 "할머니 식사하셨어요."하고 인사한다. 그때마다 작고 낮은 소리로 "예"하고 웃으며 헤어지는 사이였다. 의례하는 인사정도 할 사이다. 할머니가 전화번호를 물었을 때 나는 은근히 거부하고 싶은 마음이 있었는지도 모른다. 아무 때고 전화를 해 와서 귀찮아 지지 않을까 하는 생각이 순간 들기도 했다. 친구처럼 친하지도 않다는 생각이 옹졸하고 비좁은 속내를 들어 내 보이고 말았다. 전화를 걸어오든 아니든 전화번호를 며느리에게 알려줄걸, 그다음 일은 그쪽 일인데, 생각이 짧았다며 나는 후회했다.

강변 둘레길이 끝나는 곳에서 길을 건넌다. 강물로 흘러들어오는 샛강을 따라 올라가 본다. 한때 낙동강으로 드나들던 고깃배가 밑을 드러내고 꼼짝없이 누워있다.

할 일을 마쳤든 아직 할 일이 남아있든 몰아줄 어부가 없고 움직일 수 없는 배는 영락없는 폐선弊船이다. 파랗게 나풀거렸을 이끼는 배 밑에 검버섯처럼 말라있다. 작은 따개비는 표본처럼 붙어있다. 버려진 듯 방치된 배는 흙빛을 닮아 있다.

움직일 수 없는 폐선 위로 할머니가 겹쳐진다. 지금은 당신발로 걸어 다니고 아직은 건강이 허락한다고는 하지만, 남의 나이를 먹은지 한참 됐다고 하던 그 말을 생각하면 마음이 짠해진다.

동매산 입구 요양병원에 환자복 입은 사람들을 자주 본다. 느릿한 움직임과 무심한 표정에서 나름 점쟁이처럼 그들의 직업을 점쳐 보기도 한다. 배를 타던 어부였을까 난간을 잡은 손마디가 굵다. 아니면 흙을 사랑한 농부였을까. 샌님 같은 해맑은 얼굴의 또 한 분은 아이들과 같이 한 선생님이 아니었을까. 지나가는 초등학생들의 자잘한 소리에 눈길을 주기도 한다. 그들의 직업이 무엇이었든 묵묵히 앞만 보고 걸어온 아이들의 든든한 아버지였음은 틀림없어 보인다. 지나 온 길은 다르겠지만 지금은 따뜻한 바람과 햇볕을 즐기는 느긋한 오수午睡에 있다. 뭍으로 올라앉은 폐선弊船을 보는 듯하다.

물을 떠난 배는 더 이상 바다로 나갈 수 없다. 끼룩끼룩 울던 갈매기 소리도 차르르 부딪히는 물살의 흔들림도 먼 자장가처럼 가뭇없다. 어부의 손길을 벗어난 폐선은 하릴없이, 졸며 깨며 이물과 고물 사이를 바라본다. 어부와 한 몸 되어 바람과 물살을 이긴 흔적들이 먼지만큼 많아서 그래도 행복하다.

아들집으로 간 할머니는 지금 어떤 모습일까, 언제나 포근한 미소를 잃지 않았으면 하는 바람이다. 따뜻한 봄을 맞아 '살던 동네에 놀러왔어요.'하고 찾아 왔으면 좋겠다. 그러면 나는 우리 할머니처럼 손을 잡고 따뜻한 밥상을 차릴 것이다.

그 친구

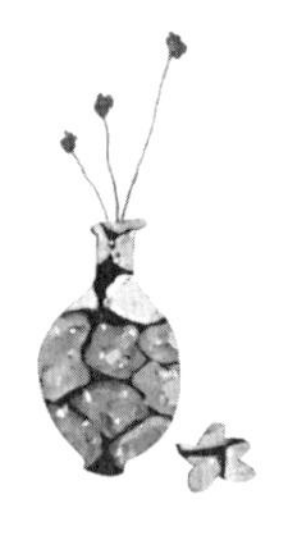

학교 앞에서나 볼 수 있던 문방구가 우리 동네에 문을 열었다. '드림'과 '오피스'라는 이름으로 새로 생긴 문구점이다. 들어가는 입구에서 손가락으로 딱하고 신호를 넣으면 양옆으로 문이 열리며 넓은 매장이 한 눈에 들어난다. 오른쪽으로 하얀 A4용지가 묶음으로 쌓여있고, 넓은 실내에는 각종 필기구와 노트가 즐비하다. 예쁜 만화 캐릭터가 찍혀있는 손아귀에 쏙 들어가는 수첩들도 진열되어있다. 하얀 종이를 보면 좋은 글이 막 써질 것 같은 마음이 들기도 한다. 글이 술술 잘 써진다는 볼펜을 산다. 문구점에 가면 어쩐지 나는 기분이 좋다.

여름날, 하얗게 다려진 교복 상의에 잉크자국을 묻혀 와서 혼나던 때가 있었다. 만년필에서 잉크가 새어나와서 그랬지만, '여자애가 어디서 이런 걸 묻히고 다니느냐'며 아버지한테 혼난 적이 있다.

예전에는 연필 쥔 손에 힘을 주어 꾹꾹 눌러야 글이 써졌다. 연필심은 잘 부러지고 나무도 퍼석하며 야물지 못했다. 연필은 자주 깎아야하니 많이 헤펐다. 몇 번 안 깎았는데도 금방 손에 겨우 잡혔고 몽당연필은 필통에서 더 요란했다.

잉크병도 필요 없는 볼펜이 처음 나왔을 때는 너무 신기했다. 가느다란 연필심을 자꾸 끼우면 새 연필이 되는 신기한 샤프세상이다. 요즘 아이들은 연필 깎는 방법도 모를 것이란 생각이 들 때가 있다.

그 친구의 필통을 보았다. 키 큰 연필들이 가지런히 정리되어 있었다. 얼른 보아도 크기가 똑 같아 보였다. 중학교 일학년 때였던 것 같다. 다른 초등학교를 졸업하고 중학교에서 같은 반이된 아이들이다. 친구가 없기는 다 똑 같았다. 내 앞의 얌전하게 앉은 그 애는 필통에 연필이 꽉 차서 흔들어도 소리가 나지 않는다. 어느 날 뒤로 돌아보며 내게 새 연필 한 자루를 내 민다 "니 해라"하고, 나는 아니야 하고 거절했지만, 생각지도 못한 연필을 받아 쥐고 만지작거렸다.

내 앞자리의 '순옥이'는 언제나 얌전하고 함부로 웃지도 않았다 큰 소리로 애들을 부르는 일도 없었다. 늘 조용하고 가만히 미소를 짓고 있었다.

종례시간에 담임선생님은 마지막에 꼭 하는 말이 있었다. '이달이 며칠 남지 않았으니 월회비 기한을 넘기지 말아라'는 다짐이었다. 나는 마감 날이 다가올 때면 허둥지둥 월회비를 들고 교무실로 가곤했다. 그 달의 월 회비를 미쳐 못 내면 담임이 이름을 불렀다. 그러나 내 앞자리의 '순옥'이는 한 번도 이름을 불린 적이 없다. 내 짝지가 작은 소리로 내게 말했다. "쟤는 고아원에서 산데, 그래서 월회비도 안낸데" 순옥이는 회비 낼 걱정 없어서 참 좋겠다고 우리는 속삭였다. 우리는 언제나 막바지에 회비를 낼 수 있었다.

'순옥'이는 얌전하고 공부도 잘하고, 공책도 항상 깨끗하게 정리를 잘 했다. 좀 큰 것 같은 교복도 잉크 한 방울 묻지 않게 깨끗하게 다려 입고 다녔다.

나와 친하게 지내자는 뜻으로 새 연필을 주었다고 생각하고, 나도 다음날 공책을 한권 주었다. 앞장에 이름까지 쓴 공책이지만 흔적 없이 지워서 새 공책처럼 깨끗했다. 그때부터 친하게 지내려 해 보았지만 '순옥이'는 답답할 만큼 조용해서 언니 같았다.

순옥이는 집이 감천이라 했다. 그 애는 학교를 마치면 놀 새도 없이 곧장 집으로 가버리고 친구하기로 해도 더 가까워지지 않았다. 어느 날 나는 그 아이의 필통을 보고 놀랐다. 손가락 한 마디만한 짧은 몽당연필을 대나무 끝에 끼워 연필 길이를 맞추고 있었다. '어쩜 이렇게 똑 같아' 하며 내가 들여다봤을 때 그 아이는 필통을 빼앗아 꼭 꼭 눌러 닫았다. 깎지도 않은 새 연필을 내게 주고, 자기는 몽당연필을 대나무 끝에 끼워, 긴 연필처럼 쓰고 있다고 생각을 하니 미안한 마음이 들었다. 내 필통에서 아직 깎지 않은 그 친구의 연필을 꺼냈다. "이거 다음에 니 써 나는 집에 연필 있어 그라이 이거 니해" 나는 그렇게 말한 것 같은데, 그 아이는 연필을 마지못해 받아 쥐었다. 그리고는 나보다 두 배는 큰 눈에 눈물이 고이는 것을 보았다. 나는 순간 당황하여 어쩔 줄 몰랐다.

사실 나도 집에 연필이 없다. 있다 해도 몽당연필이 책상 서랍에서 구르고 있다. 고아원에서 사는 저나 엄마 아버지와 같이 사는 나나 별반 다르지 않았다. 아래로 두 동생이 있고 사촌언니가 같이 있어 다 같이 학교에 다니는 입장이라 새 연필이 생기면 서로 가지려고 살랑이를 벌일 때도 있었다. 어떨 때는 나도 고아원에서 살았으면 좋겠다고 말해서 언니한테 꿀밤을 맞은 적도 있다.

고아원에는 다른 나라에서 원조도 많이 받고 부자들은 고아원에 기부를 많이 한다고 하니 먹을 것이나 학용품이 풍부할 것이라 생각했기 때문이다.

학년이 올라가고, 순옥이는 더 얌전하고 차분해진 듯 했다. 그 아이는 웃을 줄 모르는 인형 같았다. 내가 나빴다고, 내가 사과를 해야 한다고 생각은 들었지만 나는 그러지를 못했다. 그 애가 곁에 있으면 나도 할 말이 없어지며 그 곁에서는 웃고 떠들면 안 될 것 같은 느낌이 들기 때문이었다.

추울 때는 손등에 비눗물이 들 빠진 희끗한 자국이 보이기도 했다. 친구하자고 내게 내민 연필 한 자루를 되돌려 준 것은 잘 못된 행동이었다. 내 뜻은 그런 것이 아닌데 친구하지 않겠다는 것으로 비쳤을 것이다. 친구를 놓친 뒤에야 내 행동이 잘 못 되었다는 후회를 했다.

순옥이는 맘 터놓을 친구가 필요했을 것이다. 항상 어른스런 행동을 해도 겨우 열네 살이었다. 우리는 좋은 친구로 지낼 수도 있었는데, 한 번 멀어진 사이는 더 이상 가까워지지 않았다.

문구점 진열대에 갖가지 필기구를 보면 그 친구가 생각난다. '친구야 그땐 내가 정말 미안했어 용서해줘' 사과할 수 있는 유효기간이 이미 지났다는 것도 안다. 하지만, 이미 낡은 필름처럼 되돌릴 수가 없구나.

문구점에 들어서면 그 친구가 생각난다.

제5부

별을 찍다

별을 찍다

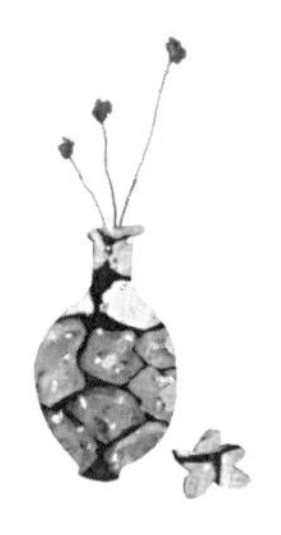

부산의 마추픽추라 불리는 감천문화마을을 찾았다. '문화마을'이란 이름답게 색다른 문화를 체험하기 위해 우리는 하얀 햇볕 속으로 걸어 들어갔다. 방학을 맞은 손녀는 입구에서 안내판을 사고 가는 곳 마다 인증샷 찍느라 바쁘다. 작은 박물관을 시작으로, 새로운 곳을 볼 때마다 스탬프를 찍고 사진을 찍는 손녀의 이마가 땀으로 반짝인다.

이곳은 한 때 3만 명이 더 되던 제법 큰 마을이었다고 한다. 이름도 감내마을 1동 2동이 있었다고 한다. 너무 높은 지대여서 교통이 불편했다. 인구 감소로 빈 집이 늘어나면서 쇠락해져갔다. 이를 안타깝게 여긴 지역 예술가와 지자체와 주민이 합심해서 곳곳에 문화를 심고, 예술로 단장해서 이름도 새롭게 '감천문화마을'로 바뀌었다.

전쟁의 아픔을 겪으며 고향을 떠난 사람들은 부산으로 몰려들었고, 넘쳐나는 피란민들에 비해 집들은 턱없이 부족했었다. 어디든 비바람을 피할 수 있는 곳이면 산 위라도 좋았을 때다. 외국 선박들이 드나드는 항구에서 볼때 영주동 일대의 산동네는, 부산을 처음 찾는 외국인의 눈에 마천루의 불빛을 연상하며 원더풀~을 외치기 충분했었다. 아침에 다시보고 '오마이갓~'하고 외쳤다고 한다. 부산의 피란민촌이 한 두 곳이 아니겠지만, 여객선이 드나드는 부두에서 볼 때 영주동 일대의 피란민촌은 정비대상 첫 번째가 되었을 듯하다. 그 곳의 산동네가 이곳 '감천마을'에 많이 이주하게 되었다고 한다.

승용차가 들어가는 곳은 넓은 길이다. 동네를 들어서자 그늘하나 없는 좁은 골목이다. 어디를 가나 계단으로 이어진다. 다른 곳으로 이사라도 하려면 살림살이들은 다 어떻게 옮길까, '옮길 살림이나 어디 있었나 겨우 비 안 맞고 잠만 자는 곳이었는데…' 하던 말을 들어보면 이해가 되기도 한다. 하지만 주부들은 다 똑 같은 걱정을 하지 않을까하는 마음이다.

오르막과 내리막은 전부가 좁은 계단이다. 출구를 찾아 헤매는 미로게임 같기도 하다. 계단 끝 좁은 그늘에 한가롭게 누운 고양이와 눈이 마주친다. 잠시 멈칫하는가 싶더니 게으른 고양이는 낯선 외지인을 경계도 없이 귀찮다는 듯 눈을 감는다. 고만고만한 높이로 이마를 맞댄 집들이 말해주듯, 이곳 사람들은 끈끈한 정을 나누는 이웃사촌임을 알 수 있다. 한국의 마추픽추라 불리는 감천문화마을은, 타임머신을 타고 과거로의 여행이고 동화 속의 여행이다.

요철 모양의 난간에 앙증맞은 사막여우가 귀를 쫑긋 올리고 상큼하게 앉아있다. 그 옆에 어린왕자가 나란히 앉아 같은 곳을 응시하고 있다. 둘은 무슨 이야기를 하고 있을까 아마도 꿈은 이루어진다고 말하고 있는 것 같다. 손녀는 반가운 듯 달려가 인증샷을 찍는다.

드디어 내가 찾는 큰 물고기 형상이다. 높은 담벼락에 붙박은 듯 화석처럼 움직일 줄 모르는 물고기가 있다. 몸속에는 모양도 색깔도 갖가지의 작은 물고기들이, 앞서거니 뒤서거니 줄지어 헤엄치듯 들어있다. 커다란 물고기는 잉어가 아닐까, 입신양명立身楊名을 바라는 감천문화마을의 꿈일지도 모른다. 물고기는 전진만 있고 뒤로 물러서지 않는다고 한다. 미래를 위해 앞으로 나아가겠다는 그들의 꿈을 본다.

또 다른 물고기 형상을 한 설치미술 앞이다. 처음부터 이곳은 글자들을 흩어놓은 것 같았다. 햇빛을 받아 하얗게 반짝이는 낱글자는 지그재그로 놓였다 고개를 외로꼬아 꿰어 맞추어 보니 글자 속에 '향수'가 들어있다. 바다가 고향 일리가 없는 무늬만 물고기들, 태어나 처음으로 붙여진 '물고기'란 이름이다. 옛 시인의 노래가 아니어도 그들은 바다를 동경하는 꿈으로 가득할 것이다. 나무물고기들은 하얀 햇볕에 목이 탄다.

일전에 내 컴퓨터에 바이러스가 들었다. 문서 작성 도중에 화면이 신들린 듯 아래위로 흔들리더니 많은 글자가 와르르 쏟아져 블랙홀로 빠져들었다. 내 손이 컴퓨터에 들어갈 수 있다면 하고 안타깝게 바라봤다. 흘러내리는 글들을 앞치마를 펼쳐 쓸어 담아 퍼즐처럼 끼워 맞추기도 하련마는 어이없이 사라지는 글자들을 아~~~하고 속수무책으로 바라 볼 수밖에 없었다.

그 때 내 마음처럼, 설치예술가는 낱글자를 흩어놓고 누구든 퍼즐처럼 맞춰 보라는 뜻이라 생각 해 본다. 떨어질 듯 거꾸로 매달려 각각 제 가고 싶은 곳으로 돌아앉고 처져있고 너무 건너뛰어 원래가 무슨 단어였는지 모르게 흩어져 있지만, 많은 글자 중에 꿈이란 글자가 더 많았다.

171계단은 숨 막힐 듯 힘들었다. 마지막 계단 끄트머리에 버스 정유소가 있다. 하얀 햇볕 속에 버스를 기다리는 또 다른 손님이 있다. 그는 갯장어의 분신이다. 바다를 향해 꼬리를 힘차게 흔들며 헤엄치듯 앞만 바라본다. 푸른 바다 속을 유영하는 꿈을 꾸는 것일까, 버스를 타기만 하면 그 곳으로 갈 수 있다고 믿는 것일까, 바다로 가는 버스는 올것인가. 『고도』를 기다리는 에스트라공 처럼 기다리며 조금씩 낡아 가도 먼지 만큼 작은 희망을 버리지 않는다.

감천문화마을은 꿈으로 가득하다. 초등학교 3학년인 손녀는 새로운 곳을 구경할 때마다 스탬프를 찍는다. 친구들 앞에서 푸른 별 스탬프를 들고 종알종알 자랑하는 꿈을 꾸는 듯하다.

이름에 대해서

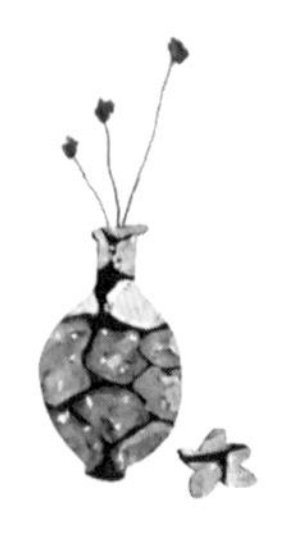

학교 앞에서 버스를 탔다. 두어 정류소를 왔을 때 속이 울렁거렸다. 운전수의 뒷꼭지를 바라본다. 젊은 사람이라서 그런가, 운전습관인가, 뒷 자석에서 앞 자석으로 옮겨 앉았다. 뒤에 있을 때 보다는 덜 흔들렸다.

앞 자석 등받이에 작은 사진이 보인다. 두 개의 양파를 물에 담가 놓은 그림인데, 하나는 양파 밑에 '망할 놈'이란 글씨가 씌여 있고, 그 옆에는 '사랑해'라는 글귀가 붙어있다. 매일 이 둘을 보면서 서로 다르게 불렀다고 한다. 하나는 볼 때마다 "망할 놈, 망할 놈,"하고 부르고 다른 하나는 “사랑해, 사랑해”하고 불렀더니 망할 놈이라는 그 놈은 아예 싹이 나오지도 않았다는 것이다. 그리고 ‘사랑해’를 매일 불러주며 사랑한다고 쓰다듬어 주었더니 잎이 무성하게 올라오고 싱싱하게 잘 자라고 있었다는 것이다.

칭찬과 모진 말은 이렇게 서로 다른 결과를 낳는다는 글이었다. 그러므로 사람도 이름을 함부로 의미 없이 짓지 말고 좋은 뜻이 담긴 아름답고 복된 이름을 지어야 한다고 ‘좋은 이름에 관심이 있는 분은 ○○○으로 전화를 하면 친절히…,’ 였다. 설마 아이의 이름을 ‘망할놈’이라 짓는 사람은 없을 것이다. 그러나 식물도 이렇다는데 하물며 사람에게는 복되고 좋은 이름은 지어야 한다는 것이다. 마음에 상처가 될 만한 이름은 좋지 않다는 말이겠다.

어머님은 어린 아들 둘을 잃었다. 그래서 아들을 낳으면 먼저 소원하는 것이 무사히 잘 자라 주기만을 간절이 빌었다고 한다. 큰 아들 이름은 命바우였고, 작은 아들은 壽바우 라고 지었다. 경상도의 방언인 ‘바위’를 가리키는 바우는 백년이고 이 백년이고 비바람에 닳을지언정 죽지 않는다는 우리 어머님의 믿음에서다. 명바우나 수바우나 같은 뜻의 이름을 두 아들에게 불렀으니, 명이 길어 명바우이고, 목숨이 길어 수바우이다. 그랬는데 큰 아들은 69세에 세상을 떠나 명이 길다고 할 수없고, 작은 아들은 고희를 맞으며 건강하다.

산에 가면 별별 사람을 다 만난다. 자주 만나 안면이 있고 우스게

소리도 잘하는 사람 중에 난식씨가 있다. 키도 자그마하고 생글생글 웃는 모습이 꼭 여자 같고, 목소리도 나직나직해서 귀를 귀울이지 않으면 못 알아듣기 일쑤다. 어쩌다가 생일에 관한 말이 나왔는데 난식씨의 애기를 듣고 모두 동감하며 웃었다.

난식씨는 농번기인 여름 모심을 때에 태어났다고 한다, 한창 바쁜 모내기 때, 부지깽이도 일어선다는 그 때, 산모가 진통이 왔다. 들에 나가지 못하는 이웃 할머니에게 아이를 받아달라는 부탁을 하고, 모두 들로 나갔을 그 때 태어났다 몸조리를 이틀도 못 하고 애기 엄마는 모심기에 나갔다고 했다. 아이는 배가 고파 울다 지쳐 잠이 들고 애기 엄마는 그때야 허급지급 달려와서 젖 한통을 먹여 놓고 또 들로 나가고, 안 죽을 만큼만 젖을 먹었기에 난식씨는 이렇게 몸집이 작다고 했다.

정작 아이는 태어났지만 출생신고를 하러갈 틈이 없어 면에 나가는 사람을 시켜 우리 집에 아들이 태어났으니 출생신고를 해 달라고 부탁을 했었다. 그런데 심부름 하는 사람이 글을 몰랐는지 아니면 면서기의 잘못인지 알 수가 없지만, 이름이 난식亂植이라고 되어 있었다. 그 때는 아무도 몰랐다고 한다, 난식씨는 자기 이름이 이렇게 되어있는 줄도 모르고 중학교에 가서야 한자이름을 보고 아버지가 야속했다고 한다. 지금은 좋은 세상이라 이름도 맘 되로 고칠 수 있지만 굳이 고칠 마음이 없다고 한다."이름자에 어지럽고 힘들다고 나와있어도, 그래도 나는 하번도 어지럽게 살지 않았고, 아들 딸 둘을 낳아 둘 다 공무원으로 나라에 충성하고 있고 나는 이만하면 잘 살았다며 이름, 그거 아무 소용없어요" 한다 또 한바탕 웃음이 터진다. 예전에 농사가 천직일 적에 농사철에 애기를 낳으면 그 산모는 구박을 받았다고 했다. 그러나 요즘은 어떤가, 임산부는 나온 배를 더 불룩 내밀고 다니며 자랑하듯 하는 시대가 아닌가.

우리 집에 첫 손녀가 태어났을 때 아들의 전화를 받았다. 아기 이름을 할머니 할아버지가 지어주시겠습니까 한다. 행복한 일이다. 30년이 넘도록 아기의 울음소리가 없던터라 온 집안이 아기한테 집중된다. 작은 손가락을 고물거리는 모습에 절로 웃음짓던 순간이 생각나 '행복'이라 지어주었다. 부를 때는 행복이라 부르고 호적에 올릴 이름은 너희들 엄마아빠가 제일 좋은 이름으로 지어라고 말했다. 정말로 '행복'이는 볼 때 마다 재롱으로 우리를 행복하게 해 주었다. 사랑을 듬뿍 받고 자란 아이는 자존감도 높아 매사에 긍정적이며 행복한 삶을 살 것이기 때문이다.

행복이란 추상적인 단어 속에는 자신의 꿈을 이룰때 행복할 것이고 그 속에는 건강하고 화목하고 부자가 되는 일도 포함될 것이다. 행복한 그날을 위해 오늘의 고단함을 이기는 힘이 되기도 한다.

'행복한 것이 어떤 것 인가요? 하고, 묻는다면 '하늘에 구름만 봐도 웃음이 나고, 간지럼을 탄 듯 잘 웃는, 바보 같지만 모든 것이 즐거운' 그것이 행복한 모습이라고 나는 말할것이다.

방어산, 마애불을 만나다

태풍이 온다는 소식에 모두들 여행 전날까지 걱정했다. 밤이 지나면서 비는 그쳤고 여행 취소 소식은 없었다. 비가 많이 오면 어쩌나 했던 걱정들은 맑은 아침을 만나면서, 모두 환한 얼굴로 버스를 탈 수 있었다. 경남 고성군 방어산 옥천사가 첫 순례지다. 옥천사에서 정상 못 미친 곳 왼쪽 숲속의 마애약사여래불이 더 오래되어 영험하고 좋다는 설명이었다.

어제 내린 비로 돌계단에는 아직 물기가 남아있다. 태풍이 곱게 지나갔다고는 하지만 나뭇잎과 가지들의 생채기를 보니 안쓰런 마음이다. 하늘에는 아직 구름이 언제라도 비를 뿌릴 듯 낮게 깔려있다. 돌계단 옆으로 나딩구는 나뭇가지에 모자를 눌러쓴 도토리도 앵돌아져 있다.

절까지 500m, 절 입구에서 표지판을 보니'마애불'은 절에서 500m라고 적혀 있었다. 시간을 많이 주지 않아 대웅전에 간단하게 인사하고 안내자의 뒤를 쫓아 화살표를 보며 '마애불'로 가는 계단을 오르기 시작했다. 돌계단을 하나 둘 세어보다가 30계단 까지만 세고 그만 두었다. 돌계단이 몇 개인지가 무슨 의미가 있을까, 오르기로 마음먹었으면 목적지를 향해 오르기만 해야 한다. 돌계단은 울퉁불퉁 제멋대로 고르지 못해 계단으로 적합하지 않은 듯하다. 하지만, 간격이 너무 멀어 끙끙거리며 온 힘을 싣는 내게 '못 생겨서 미안하다'는 것 같기도 하고 힘내라고 '엇싸 엇싸' 추임새를 넣는 것 같기도 하다. 중생을 위해 몸 보시한 갸륵한 마음이란 생각도 해 본다. 오르막이 힘들다며 뒤돌아 가는 이도 눈에 보인다. 잠시 흔들린다 그러나, 약사여래불을 만나지 않고는 돌아갈 수 없다는 마음이 더 앞선다.

땀에 젖고 숨이 차서 헉헉댄다. 앞서가던 사람들의 옷자락만 희끗희끗 보였다가 말았다가 감질 나는데, 무뎌진 다리를 끌며 얼마를 오르고 또 올랐을까, 내 뒤를 힘들다며 궁시렁 거리며 올라오는 사람이 있다. 그 사람은 지팡이를 짚고 있었다. 나는 그 지팡이가 부러웠다. 그냥 뭉텅한 나무토막이지만 오르막에는 한 몫 할 것 같았다. "그 지팡이 참 좋네요, 어디서 구했어요?" 대웅전 벽에 많이 비치되어 있었다고 한다. 그랬구나 오르막이라 준비 해 놓은 것도 볼 줄 몰랐다니 아무 대책도 없이 높은 산을 오르려고 맘먹은 자체가 허술하기 짝이 없다.

산길로 500미터면 평길에서는 1,000미터는 더 된다. 가파른 길은 지그재그로 접혀있고, 미끈거리는 흙과 가로막는 나뭇가지는 더딘 걸음을 더 힘들게 한다. 앞서가던 사람들은 어느새 그림자도 없이 사라지고 지팡이 아줌마와 나는 동행이 되었다. 태풍이 곱게 지났다고는 하지만, 바람에 시달린 나뭇가지는 갈비뼈를 드러낸 앙상한 모습이다. 이쪽 굴참나무와 길 건너편 닥나무와 서로 얼굴을 볼 수 있는 것도 태풍이 내어준 길이다. 나무들도 때로는 서로의 안부가 궁금할 것 같다. 낮은 돌담이 끝나는 그때, 홀연 거짓말 같이 눈앞에 잔디밭이 나타났다. 잔디밭 뒤로 바위에 우리가 찾는'마애약사여래불'이 새겨져 있다. 잔디밭이 아니었으면 몰라 볼 뻔 했다. 작은 팻말이 아니었으면 바위벽을 지나칠 뻔 했다. 너무 흐릿해서 가까이에 다가가 자세히 보아야 비로소 부처님의 형상을 볼 수 있었다. 비스듬한 선돌에 새겨진 부처님은 비에 젖어 물기를 머금고 있다. 그러나 틀림없는 '삼존약사여래불'이다. 삼존약사여래의 온화한 미소를 보는 순간, 다리에 힘이 풀리고 저절로 몸을 굽혀 고개 숙이게 했다.

약사여래부처님은 약병을 들었고, 다른 손에는 나뭇가지를 들었다. 삼존약사여래상 앞에는 그 흔한 꽃 한 송이도 보이지 않았다. 둘러보니 가을 국화가 계단 아래 지천으로 피어있고, 억새와 돌과 자연이 전부 꽃이니 사람이 키운 꽃은 사양했을 것 같다. 비바람에 낡고 닳아 그 미소까지도 흐릿하다. 희미한 미소는 마음을 더 없이 편안하게 해 준다. 낡은 미소는 할머니 얼굴 같다.

우리 할머니는 함박 웃을 때면 눈이 가늘어지고 입이 옴뽁 작아졌다. 돌에 새긴 그 얼굴은 잔주름 가득한 내 할머니였다. 지난 세월을 풀쩍 뛰어 넘어 나는 6살의 어린애로 돌아간다. 소꿉장난을 하다가 사금파리에 손가락만 살짝 스쳐도 '피'하며 할머니를 찾는다. 할머니는, 금방 빨간약을 발라주며 입으로 연신 호호 분다. 어깨를 다독이며 "괜찮다 내일만 되면 다 낫는다" 라고 했다. 그 빨간약이 만병통치약이던 우리 할머니. 빨갛고 신비한 다 낫는 그 약을 약사여래불에서 찾고 싶은 것은 아니었을까 축축한 잔디밭에서 묻고 절하고 또 절하고… 희미한 그 미소는 변함이 없다.

바위에 홈을 내어 부처의 모습으로 산 지 천년이라고 했다. 천년을 한 자리에 서있는 동안, 센 바람과 비는 얼마나 맞았을까 천 사람이 천 가지 소원을, 만 사람이 만 가지 걱정을 보태고 더해져도 묵묵히 내려다보는 약사불의 미소위에 하얀 이끼꽃이 피어있다. 나는 보았다. 약한 바람에도 가늘게 떨고 있는 장삼의 흔들림을, 염원 한 아름씩 포개놓고 돌아서는 중생이여 '부디 부처가 되어라' 라고 일러주고 있었다.

부처님의 웃음 머금은 표정은 언제 보아도 변함없이 편안하다. 그 모습에서 저마다 보고 싶고 그리운 미소를 찾고 있는 것은 아닐까.

나는 약사여래부처님의 미소에서, 다독이며 안아주던 따뜻한 할머니를 보았다.

돌계단을 내려오는 발걸음이 가볍다. 내려앉은 구름은 우리가 차를 타자마자 다시 비로 변한다. 어여 가거라, 손 흔드는 할머니! 약사여래부처님의 따뜻한 마음을 가슴에 담아 버스에 올랐다.

폭포

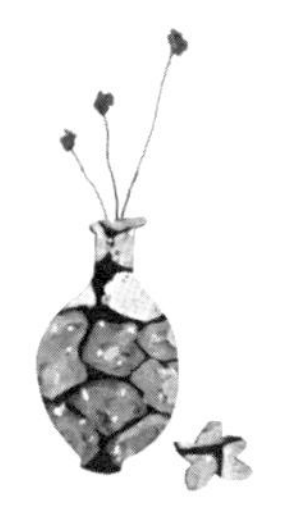

가녀린 목울대를 쓰다듬고 울퉁불퉁 걸어온 모퉁이에서 머뭇 거렸다 모롱이를 돌고 모난 바위를 다독이는 것이 순리라 했다 흙탕물도 부드럽게 감싸 안았다 시작은 미미했다 그리움이 파랗게 멍울을 키우고 독한 반어는 귓바퀴에서 스믈거렸다 참는다는 것은 고통을 낳고 인내를 넘어 자포자기에 이르는 것이리라 구불구불 걸어온 그 길, 잠시 숨고를 틈도 없이 급한 낭떠러지를 만나 무섭게 폭포로 돌변할 때 나는 거기 없고 네가 있을 뿐이다 튕기며 춤추며 때린다 왈칵 터지는 비명은 백치같이 순수한 하얀 포대기 안으로 속울음 울지언정

반항하지 못하는 너, 너그러운 듯 순한 듯 작파한 듯 맴돌며 넘실거린다.

물소리

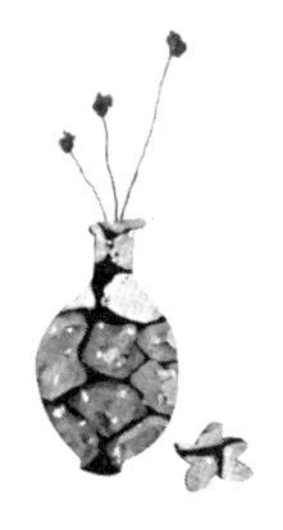

석골사 옆 골짜기로 흐르는 물소리는 한 번도 쉰 적이 없습니다. 눈이 오고 바람이 불어 길을 막았어도 얼음 밑으로 물소리는 끝없이 이어졌다 합니다. 새벽마다 엄마의 밥 짓는 소리도 끝이 없었습니다. 봉창 문틈으로 들려오는 엄마의 물소리는 듣고 있어도 배가 부르고, 우리 집은 환한 웃음이 되었습니다. 나도 어느 샌가 엄마를 닮아 이른 새벽 맨 먼저 내는 물소리가 되었습니다 내 손에 매달린 아이들이 웃고 있습니다.

편지

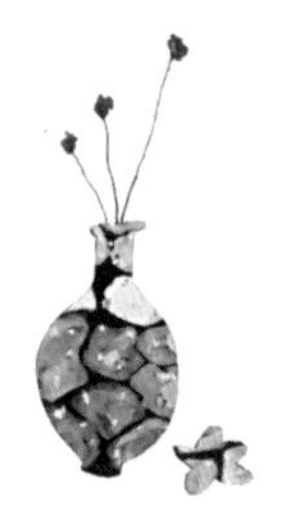

우체부의 자전거가 우리 집 앞을 지나 때 나는 귀를 세운다. 우체부가 혹 내 이름을 부를까 하고, 하지만 자전거 소리는 멀리 사라진다.

큰아들이 입대를 할 때다. 내 아들만 군 입대를 시키는 사람처럼 섭섭하고 아쉽고 걱정되었다. 허전한 마음을 달래려고 잔치하듯 음식을 잔뜩 만들었지만, 정작 얼마 먹어주지 않았다. 아들가진 벼슬이냐고 말리기도 했지만 나는 달리 할 일이 없었다.

큰 절하고 대문을 나서는 아들에게 잘하고 오라고 작별은 했는데,

골목을 벗어날 때 까지 울먹이며 지켜보고 있었다. "기차역까지 가자"는 남편의 말이 반가웠다. 나서지 말고 숨어서 기차 탈 때까지 지켜보기로 약속했다.

대학 동아리회장을 한 때문인지 써클 모임에서 한 무리의 축하를 받는다. 환송도 차례를 정해서 하는 것 같다. 북치고 노래 부르고 행가래를 받으며 요란하게 환송식을 한다. 아들의 친구중에 아는 얼굴들이 몇 보인다. 저러다가 기차 놓치겠다고 또 걱정이다. 열차 시간이 되니 악수하고 포옹하고 이별하느라 바쁘다. 훈련소까지 따라간다는 두 친구도 보인다. 친구들을 보니 마음이 바뀐다며 돌아서면 어쩌나 하는 조바심도 일었다. 홈으로 들어가는 아들의 뒷모습은 안심이 되면서도 서운하고 아쉬웠다. 광장은 다시 조용해 졌지만 마음이 허전해서 걸음이 안 떨어진다. 돌아오는 차 속에는 침묵만 흐른다.

무사히 잘 도착했을까, 기합 받는 건 아닐까, 한번 들어가면 무소식이 희소식이라는 군대다. 기다리는 것 말고는 할 수 있는 것이 아무것도 없다는 것이 답답하다.

아들의 빈 방에 들어서니 책상에 앉았다가 엄마의 기척을 느끼며 돌아앉는 듯하다. 공부를 하는지 안하는지 항상 책상은 치울 것이 없도록 깨끗이 정리 되어있었다. 어디 낙서라도 있나 싶어 뒤져봐도 허투루 낙서도 흘리지 않았다. 큰아들은 깔끔한 성격에 빈틈이 없어

내가 조심스러울 때가 더 많다. 함부로 추리닝을 벗어두지 않았고, 뒤집혀진 양말짝도 찾을 수 없었다. 할머니가 첫 손주를 많이 거둔 탓인지 일찍 철들은 아들은 믿음직스럽기도 했지만 내 아들 같잖아 서운할 때도 있었다. 아이답게 어리광도 좀 부렸으면 하지만, 일찍부터 엄마를 도우려고 애쓰는 것이 눈에 보였다.

아들이 초등학교 2학년일 때다. 학교운동장에서 또래와 놀고 있는데, 상급생인 5학년의 축구공이 우리 아이 쪽으로 날아왔다는 것이다. 큰 형이 축구공을 가져오라고 우리 아이에게 명령했다는데, 우리 애는 그 공을 발로 힘껏 차서 돌려줬다는 것이다. 그것이 발단이 되어 상급생 선배를 깔본다는 이유로 코피가 날 만큼 때렸다. 2학년이면 아직 어린아이인데 얼굴을 때려 상처를 냈다. 교무실에서 먼저 알고 집에 연락을 하려니, 우리애가 선생님께 부탁을 하더라는 것이다. "집에 전화하면 부모님이 걱정하니 한참 있다가 연락해 주십시오."했다고 한다. 그 말이 전교 선생님들에게 퍼졌다. "아들을 효자로 잘 키웠습니다" 하는 인사를 여러 선생님들께 듣기도 했다. 소식을 늦게 알고 아들을 때린 가해자를 찾아갔지만 그 애는 벌써 도망가고 집에 없었다. 그 부모는 아들 대신 머리를 조아렸다. 자식이 잘못하면 부모가 대신 용서를 빌어야 한다는 것을 우리 애는 어린 나이에 알았던 것 같았다.

남편의 아들사랑은 유별나다. 기다려 얻은 아들이라 더 애틋하다.

초등학교 2학년에 반장이 되었다며 대견해 하더니 자전거를 사왔다. 4학년이나 탈 수 있는 자전거를 하루 만에 혼자 탈수 있도록 강훈련을 시켰다. 드디어 아이가 병원에 입원하는 일도 일어났다. 그런 아들이 누군가에게 얼굴에 상처를 입고 코피를 흘릴 만큼 맞았다면, 아들은 지 아픔은 둘째치고 분개할 아빠를 먼저 생각했을 것이다.

비가 추적추적 내리는 날, 도장을 갖고 오라는 집배원의 큰 소리가 들렸다. 집배원이 내미는 포장된 아들의 옷을 안고 숨 가쁘게 계단을 뛰어올라왔다.

단단하게 묶인 제법 묵직한 소포를 가위로 조심해서 열어보는데, 시큼한 땀 냄새가 훅 다가온다. 하얗게 간이 밴 청바지와 남방이 엄마! 하고 반긴다. 앞가슴 주머니에 네모반듯하게 접혀진 쪽지 편지에는 빼곡하게 쓴 아들의 글이 들어있다. '…건강한 대한의 아들로 부모님을 만날 것'이라는 글이었다. 읽고 또 읽고, 평생 흘릴 눈물을 다 쏟아내었던 것 같았다.

전화가 발달된 지금도 손 편지를 받으면 또 다른 감동이 된다. 내가 수필로 등단했다는 소식을 책을 읽다가 발견했다는 '유창희'선생의 편지다. 편지를 이리저리 둘러보는데 섬세한 성격이 그대로 전해지고 있다. 나비모양의 예쁜 스티커로 글 머리를 장식하고 반짝이는 별모양이 글 마무리를 했다. 소녀 같은 감수성으로 아기자기하게 꾸민 편지를 열어보는데 가슴 뭉클한 울림이 있어 나도 모르게 눈물이

핑 돌았다.

『논어』 강의를 몇 번 들었다. 그 분이 쓴 책《매실의 초례청》을 곁에 두고 자주 읽어보는 것 말고는 따로 만나지도 않았다. 책을 자주 읽다보니 잘 아는 지인처럼 스스럼없이 느낀 것은 어디까지나 나 혼자 생각인데, 예쁘게 장식까지 한 편지를 보내 올 줄은 몰랐다. '참 잘하셨습니다,' 하는 칭찬은 어떤 청량제보다도 시원하고, 가슴 뻥 뚫리고 통쾌했다. 글을 쓰는 일이 얼마나 어려운 일인지 첫발을 디딘 그때는 알 수 없었다. 밤중 까지 혼자 책을 읽고 있을 때는 여름인데도 어깨가 시린듯 외로웠다. 한데, 류선생의 칭찬은 나를 우쭐하게 했다. 답장을 쓰려고 나도 분홍 편지지를 앞에 놓고 앉았다. 키보드를 치다가 펜글씨를 쓰려니 글씨가 마음에 들지 않는다. 몇 번의 파지를 내고 드디어 한 장을 완성한다.

옛날, 군대 간 친구가 엽서에다 사연을 적어 보내던 생각이 난다. 대문에 꽂혀있어 궁금한 사람은 다 읽어보고 마지막에 내 손에 왔던 일도 있다.

동해안 간절 곶에는 커다란 우체통이 서 있다. 이곳에다 편지를 써 넣으면 1년 후 집으로 배달된다고 했다. 손 편지를 쓰고 싶어지는 계절이 오고 있다. '하고 싶은 말은 많으나'하는 끝맺음의 말 '이만 총총' 이란 글귀가 생각난다. '하염 총총'이란 단어도 참 예쁜 맺음말이다. 가을에는 '이만 총총' 하며 아쉬움이 묻어나는 손 편지를 쓰고 싶다.

주막에서 천원

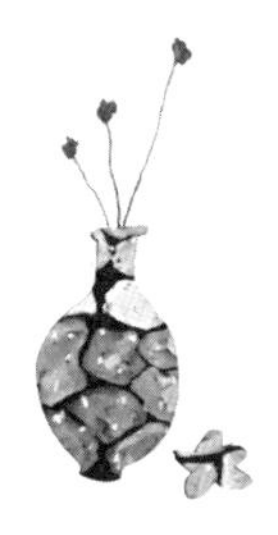

휴일이면 괜히 늦잠을 자고 싶다. 매일 하는 집안일도 심드렁하고 집이 아닌 다른 곳에서 한가하게 어슬렁거리며 놀고 싶은 맘이 들기도 한다. 직장인도 아니고 시간에 구애받는 직업인도 아니면서 알량한 게으름이 잔돌처럼 굴러 나오는 순간이다. 매일 나가야 하는 직장인들이 보면 이해하지 못할 일이다. 운동화를 신으며 문자로 동생을 부른다. 장소만 알려주면 두 집의 거리를 감안해서 나서면 얼추 기다리지 않고 만나진다. 날씨는 아직 덥지 않아 걷는데는 좋을 듯하다. 오늘은 강변길을 끝까지 걸어보자고 제안했다. 강물은 어제

이때 보다 더 불어난 듯하다. 둘이는 1,4km의 표시를 지나며 좀 더 걷자고 합의를 한다. 인도가 끝나고 새로 연결도로를 만든다고 뒤집어 논 흙길을 지나 예전에 폐수장이던 곳까지 왔다. 냄새가 심하다고 모두 기피하던 곳이었는데, 지금은 말끔히 정비를 해서 꽃도 심고 나무가 있는 공원으로 만들어 놓았다. 하지만 나무도 어리고 화단에 꽃도 엉성해 보인다. 사람들의 웃음소리와 아이들의 재잘거림이 더해지면 살아있는 공원이 될 것 같다. 그런 소소한 소리가 없는 공원은 무엇이 빠진 듯 허전하다.

가끔 자동차 지나는 소리만 들리는 공원은 다음번 올 때는 달라진 모습이 되어있을 거라는 기대를 하며 우리는 또 걷는다. 동생이 곁에서 'Only Yesterday' 팝송을 부른다. 아름답던 날들이 어제 같은데 너무 빨리 흘러버렸다며 아쉬워하는 노래다. 아쉬움이 어디 옛날만 있을까, 오늘 둘이서 걷는 길도 내일이면 그립고 아쉬운 날이 되지 않을까, 노래 부르며 걷는 길동무가 동생이라 더 좋다.

점점 낯선 동네로 들어서고 지나다니는 사람은 하나도 보이지 않고, 빗방울이 한 둘 떨어지다가 그쳤다. 하늘만 충충하고 비를 맞지 못한 나무들은 먼지를 뒤집어 쓴 모습이 안쓰러워 보인다. 먼지 묻은 기다란 나무의자가 쉬어가라고 부른다. 아무도 오지 않는 길 위의 벤취는 마냥 심심하다. 붙들어 앉혀 말이라도 듣고 싶어 하는 시골길에서 만난 할머니를 연상한다. 지나온 길에 보았던 나무와 꽃들과 차들의 이야기를 궁금해하는 듯하다. 피곤한 다리도 쉴 겸 나무 의자에 앉는다. 화단에 줄지은 수국이 때 맞춰 활짝 폈으면 구경하는 사람들이 많을 것 같은데, 가뭄 탓인지 피어나는 모양새가 영 넉넉지 못하다. 갈 길이 멀다며 일어서는 동생의 엉덩이에 뿌연 먼지가 도장처럼 찍혀있다. 동생도 내 엉덩이를 보며 둘이는 박장대소를 한다.

'홍티마을'이란 참 예쁜 이름을 가진 동네가 있다. 무지개마을이라는 홍티마을에는 예술가들이 모여 연극도 하고, 작은 음악회도 열며 인형극도 한다고 했다. 그러나 길을 잘 못 들었는지 아무리 찾아봐도 공장들만 있고 홍티마을은 보이지 않았다. 핸드폰의 만보기는 일만 팔천 보를 넘어있었다. 너무 많이 걸었다 생각하니 다리가 갑자기 더 무겁다. 내일 일어나지도 못할 것 같다며 쉴 곳을 찾는데 다대포의 더 넓은 모래사장과 망루가 눈에 들어온다. 파란 바닷물을 보니 모래밭에 아무렇게나 퍼질러 앉고 싶은 심정이다. 이럴 때 시원한 맥주나 달달한 아이스크림이 딱 어울린다며 우리는 마주 쳐다본다. 하지만 두 사람 다 빈 손이다. 순간 열쇠지갑 작은 틈새에 천 원짜리 종이돈을 한 장 꾸겨 넣었던 기억이 났다. 반가움에 천원을 찾았지만 풋! 하고 웃고 말았다. 천원으로 뭘 할 수 있을까, 아무리 생각해도 생수 한 병 외는 안 될 것 같았다. 용감한 동생이 천원을 들고 롯데리아의 간판을 보고 들어간다. 나도 따라 들어갔다. 우선 빈 의자에 앉았다. 푹신한 의자는 편안해서 좋다. 다리가 잠시 호강하고 있을 때. 종잇장 같은 얇은 과자위에 녹색의 크림이 소담스레 얹힌 아이스크림을 들고 온다. 우리는 반갑게 그러나 우아하게, 아이스크림을 먹으며 환하게 웃었다.

경북 예천의 삼강주막의 오래된 정지 벽에, 외상장부가 생각난다. 그날의 주모는 머리가 너무 좋아서 막대기에서 그 나그네를 알아보는 묘수가 있었던 것일까, 우리는 카드도 없이 달랑 1천원이 있었다. 삼강주막이라면 돈이 없어도 시원한 막걸리 한 사발을 마실 수 있었을 듯 하다. 좋은 날 갚으러 오겠다는 약조를 하면, 주모는 '그날 꼭 갚아요 '하고 돌아서서 벽에다 검은 막대를 하나 더 그렸을 것이다.

천원으로 맛 볼 수 있는 즐거움이 있다는 것이 그나마 다행이다. 달콤한 크림을 입에 물고 다대포의 그림 같은 경치를 감상한다. 잔잔한 물결위로 윤슬이 인다.

비 꽃 연구를 위한 서설

– 김덕조 수필집 『비꽃을 보다』를 읽다

유 병 근(시인, 수필가)

수필은 무엇이다, 어떤 형식의 문학이다 하는 등 수필에 대해서는 이런저런 이론이 허다하다. 그것은 그만치 수필을 여러 측면으로 논의할 수 있다는 말이 되겠다. 만약 수필은 이런 것이라며 못을 박는다면 수필 세계는 그 한 범위 안에 갇힌 글이 되고 말 것이다.

그런 점 수필은 자유로운 글이다. 이 언술을 뒷받침하듯 수필은 마음의 산책이라고 흔히 말한다. 이렇게 진술할 때 수필은 산책하듯이 보고 느낀 것을 표현하고 기술하는 문학행위가 될 것이다. 수필가 김덕조의 작품에서 나타나는 것은 마음의 산책을 통한 글쓰기에 충실하고 있다는 생각을 하게 된다. 함으로 이것은 김덕조 수필가의 잠재적인 수필이론이 바탕이 된 것이라고 볼 수 있다. 그렇다고 그 한 가지 이론에 묶인 것은 전혀 아님을 말해야겠다. 마음의 산책이라고 이름 지은 바탕에는 수필가의 작품이 이런저런 세상의 견문록에 값하기 때문이라고 말하고 싶다.

가장 자유스런 글쓰기가 어떤 점 수필인지도 모른다. '마음의 여로'라는 말을 들어보아도 수필은 자유로운 환경에서 가장 편하게 가장 자유롭게 쓸 수 있는 작품행위이기 때문이다. 하기에 수필에 어떤 이론을 들이대어 이렇게 써야만 수필이다. 혹은 저렇게 써야만 수필이다라고 하는 우격다짐은 마땅하지 않다고 본다.

하지만 중요한 것은 있다. 수필은 세계를 참신하고 보다 전향적으로 보고 기술/표현하는 정서적 신비적(R.M 알베레스)무드로 직조된 문학이라고 하는 점에는 달리 이유를 댈 일이 없다. 이것은 수필의 바탕이기 때문이다. 만약 이런 것마저 도외시한다면 그것은 수필이 아닌 다른 산문일 수도 있다. 하기 때문에 수필가는 참신한 세계관 아래 정서를 바탕으로 신비적인 기술을 하는 것으로 참다운 수필문학에 이르고자 한다.

비 꽃의 향기

세계를 허투루 보지 않으려는 수필가의 노력에 따라 세계는 어제 다르고 오늘 다른 참신한 모습을 띠게 된다. 이를테면 '우체통은 서서 자는 노숙자'(「우체국 가는 길」)라는 언급은 우체통을 남다르게 보는 하나의 좋은 시각이다. 다시 말하면 이것은 세계를 새롭게 보는 시각이다. 즉 새로운 인식임을 알 수 있다. 우체통은 그냥 거기 서 있는 물상이 아니다. 그것은 노숙자 같은 처지다. 그것도 눕지도 앉지도 못하는 선 자세로 자는 고뇌에 찬 모습이다. 하나의 예에 지나지 않는 것이지만 이런 것이 쌓여 수필은 보다 확실하고 든든한 생명력을 갖는다.

우체통을 볼 때마다 편지를 쓰고 싶다. 못 만나서 그리운 누군가에게 꼭꼭 눌러쓴 편지 한 통 보내고 싶어진다. 우체통은 사람마다 들고 다니는 똑똑한 손전화가 얄밉다고 말한다. 공중전화부스와 합창이라도 하는 것 같다.

–「우체국 가는 길」 부분

우체통이라면 청마 유치환 시인을 떠올리게 된다. 그만큼 청마시인은 우체통과의 깊은 인연으로 인식되고 있다. 김덕조 수필가 또한 우체통 앞을 지나가면 누군가에게 '편지를 쓰고 싶'은 충동감에 찬다. '꼭꼭 눌러 쓴 편지'는 꼭꼭 정성이 담긴 마음의 증표가 깃든 편지를 보내고 싶어한다. 그러나 과학문명의 그늘에서 우체통은 '똑똑한 손전화기가 얄미'운 존재라고 말하는 것은 어쩔 수 없다.

디지털시대에 사는 현대인은 손 편지를 거의 쓰지 않는 상태다. 하기에 우체통이 심심할 것은 당연하다. 현대인은 종이에 눌러쓰는 문자가 아닌 손전화기에 문자를 쓰고 이를 상대에게 보낸다. 아니면 컴퓨터라는 과학문명에 문자를 쓰거나 쓴 문자를 단숨에 띄워 보낸다. 이런 편리를 두고 구닥다리나 다름없는 손 편지는 외면당하기 십상이다. 편리와 신속을 요하는 것이 현대인의 생활모습이다. 그걸 놓칠 수 없는 것이 현대인의 심리이기도 하다. 만약 그걸 놓치면 원시인 취급을 당하기 쉽다. 하기에 서로 다투어 손전화기를 애용한다.

우체국 가는 길은 누군가에게 내 존재를 알리는 일이다. 사람들은 편지를 보내는 대신, 박스를 들고 우체국에 가는 일이 더 많다. 멀리 있는 자식과 친척에게 정을 담아 보내는 모습이다. 과거보다 정이 더 많아진 때문일까. 보내는 정이 이만큼 무겁다는 표현일까. 우체국은 이제 전보치고 편지 부치던 조용한 우체국이 아니다. 글보다 말보다도 맛을 보고 만질 수 있는 빠른 이웃의 담 역할을 하고 있다.(중략) 우체국 가는 길은 반가운 얼굴을 떠올리는 설레는 길이다.

– 상동

우체국 가는 길에는 지리적거리만이 아니다. 인정의 길이다. '글보다도 말보다도 맛을 보고 만질 수 있는'곳이 우체국으로 통한다. 함으로 우체국의 본래 업무는 배제되고 택배를 배송하는 것으로 바뀐다. 이 또한 시대의 변화라면 어쩔 수 없는 변화다. 그 변화 속에서 인간은 인정의 질이 달라지면서 생활한다. 하기에 '우체국 가는 길은 반가운 얼굴을 떠올리는 설레는 길'임을 진술한다. 시대의 변화는 인정의 변화이기도 하다.

인정만이 아니다. 보는 눈의 변화 또한 곁들여 말할 수 있다.

그 모양이 예사롭지가 않다. 물에 누워 있는 여자의 형상이라고 했다. 정말 그렇게 보니 그런 것 같았다. 여자가 머리를 길게 펼치고 하늘을 향해 누워 있는 모양으로 보인다. 오똑한 콧날과 가슴의 곡선과 허리의 잘록한 부분까지 분명 여자를 닮았다. 선유도는 신선이 놀았다는데, 그 때 한 신선이 하늘로 오르지 못하고, 바다에 누워 무인도가 되지는 않았는지 모를 일이다. 옹기종기 사이좋게 마주한 무인도는 보는 사람의 생각에 따라 마을을 이루고 있는 집성촌 같게도 보이고 누워 있는 여자로 보이기도 한다.

– 「선유도에서」 부분

선유도는 왜 선유도인가. 여행을 다니면서 세계를 남다르게 보는 시각이 선유도에서 새삼 새롭게 나타난다는 것은 수필가의 남다른 시각이 있기 때문이다. 같은 사물이라도 어떻게 보고 느끼느냐는 것은 수필문학의 잣대에서 볼 때 특이한 관찰의 결과물이 수필을 더욱 감칠맛 나게 진술하는 일이 되겠다.

'여행은 걷기 위해 길을 나서는 것 같다'(상동)고 진술하는 바탕에는 그 걸음 하나하나의 의미가 남달리 다가온다. 이것이 여행하는 기쁨이기도 하겠다. 같은 여행의 길에서 수필가는 어느 날 사리암 경내에 들어선다. "사리암 마당에서는 물방울도 꽃이 된다는 것을 보았다. 바람이 곁에 없어도 스스로 춤추는 꽃은 비 꽃 뿐 일 것이다. 우리는 서둘러 관음전에 들어섰다. 바깥의 변화에도 우리들의 마음까지도 다 알고 있다는 듯 나반존자 부처님의 표정은 온화하기만 하다. 우리는 법당에서 머뭇거린다. 벽에 기대어 떨어지는 빗방울을 바라본다. 우리를 붙드는 것이 빗방울인지 부처님의 미소인지, 아니면 순간적으로 피었다 사라지는 비꽃에 매료되어 버렸는지, 인정해야 한다. 빗방울도 꽃을 피울 수 있다는 것을!(「사리암에서 비꽃을 보다」) 이처럼 비를 보는 시각이 어느 장소이냐에 따라 꽃으로 본다는 것이 참신한 발상이라고 하겠다.

섬세하고 예리한 감성의 뿌리

수필을 어떻게 읽었느냐고 물을 때 대개의 독자들은 나름대로의 독후감이란 걸 끌어낸다. 이 글 또한 그런 면에서 벗어나지 않는다. 선이 굵은 듯 미세한 선이 수필의 골격을 감싸고 있는 점에 유의하게 된다. 여느 독자들이 놓치고 가는 부분을 다시 음미하자는 의미 또한 수필읽기/수필쓰기의 좋은 몫을 한다고 보겠다. '오랫동안 횟집을 경영한 지인'(「무딘 칼」 부분)이 수필의 소재로 떠오르기도 한다. "처음 횟집문을 열었을 때 두툼하고 단단한 나무도마와 잘 생겨서 한 몫 할 것 같은 새 칼로 시작했었다. 나무도마는 항상 물을 머금고 몸을 씻었고, 번쩍이던 칼도 날씬하게 변하는 사이, 아이들은 커가고 아파트 평수는 늘어났다."(상동). 지인이 경영하던 식당의 번영을 말하는 수필가는 '나무도마' '칼' '아이들'과 '아파트 평수'에 초점을 맞추고 있다.

가령 한 폭의 그림을 볼 경우 그 그림을 왼쪽 상단에서 오른쪽 하단으로라는 대각선 긋기 같은 요령으로 보느냐 그림 전체를 한눈에 보느냐와 같은 문제처럼 수필가 김덕조는 하나 하나의 사물을 꼼꼼히 열거한다. 그런 점에서 수필은 섬세하고 촘촘한 결과물을 내놓는다.

> 지인은 자식에게 대대로 물려줄 가보가 생긴 것을 기쁘게 자랑한다고 했다. 칼로 물베기 라는 말이 있다. 칼이 못하는 것이 있다면 물을 자르지 못한다는 것이다. 결단력이 있다는 말을 쓸 때도 단칼에 잘라버린다든지, 칼자루를 쥔 자는 따로 있다는 말도 한다. 칼은 날카롭고 냉정해서 친구가 없다. 있다면 제몸 닳아가며 운명처럼 받쳐주는 도마가 있을 뿐이다. 날카로운 칼질에도 무던히 참아주던 나무도마는 곱던 무늬와 옹이를 다 패이고도 짝이 된 칼을 원망하지 않는다.
>
> -「무딘 칼」 부분

치열한 노력 끝에 얻은 결과는 횟집 주인의 성공담을 여실히 보여준다. 한 가정을 행운으로 이끌어준 칼과 나무도마는 자손들에게 물려줄 수 있는 귀한 가보임은 틀림없다. 번득이는 것만이 가보는 아니다. 가장 밑바닥에 놓이더라도 그것이 어떤 의미를 갖느냐 하는 것이 그 집안의 훌륭한 가보가 되고 자랑거리가 될 수 있음을 나타내고 있다. 따라서 수필가는 한 권의 수필집이 훌륭한 가보로 다루어질 것은 틀림없다. 그런 면을 감안한다면 수필집『비 꽃을 보다』는 수필가 김덕조의 보람 있는 가보로 남을 것이다.

예리한 칼날을 받는 도마는 그 몸에 온갖 상처를 받는다. 칼날인들 다를 바 없다. 도마와 부딪치는 아픔이 칼날에도 전해지는 울림이 있다. 그럼으로 도마와 칼은 한 짝이 되어 온갖 풍상을 겪는 동료가 된다.

도마에 짝하는 칼날무늬는 바다의 어류에도 생생하게 나타난다. 도마가 누구의 어느 솜씨에 따라 찍히는 무늬가 다르듯 바닷고기에도 어느 해류에서 성장하느냐에 따라 몸에 찍히는 무늬가 다름을 알 수 있다. 함으로 무늬에 의하여 이 생선은 동해산이니 서해산이니 하는 구별이 가능하다고 보겠다.

> 짙고 푸른 고등어의 문신에는 물살에 뒤채인 고통과 그곳의 역사가 그려져 있다.
>
> –「고등어를 보며」 부분

> 짙은 색에는 강한 힘이 느껴지고 많은 에너지가 응축되어 있을 듯하다.
>
> – 상동

인간의 몸에도 이런저런 형태의 문신을 새긴다. 그것은 어떤 종류의 부적 같은 것이기도 하겠지만 어떤 그룹의 상징이기도 할 것이다. 혹은 건강을 상징하거나 미를 상징하는 표현이기도 할 것이다. 해양어족이 몸에 문신이나 다름없는 무늬를 갖는 것 또한 힘의 상징일 것이다. 약한 어류가 보다 힘센 어류에게서 스스로의 불안/연약함을 벗어나고자 문신을 찍어 강한 자임을 나타내는 수단일 것이다. 어족에게 문신은 살아남으려는 안간힘이다. 그 의지 속에는 어떤 쓸쓸함이 배여 있다. 쓸쓸함에서 탈출하여 보다 강인하고자 하는 의지가 들어 있다고 보는 것이 좋을 것이다.

함으로 문신을 함부로 탓하거나 삭제하거나 할 수는 없다. 문신은 어떤 점 모종의 훈장이나 다름없지 않는가. 이렇게 어족의 문신을 본다는 것 또한 어족을 보다 유익하게 보는 길이 된다.

수필가 또한 수필문장에서 갖는 나름대로의 문신을 문장 속에 갖는다. 그 문신에 따라 이 수필은 어느 누구의 작품이라는 등 성함을 보지 아니하고도 수필의 작가를 찾을 수 있다. 하기에 문신은 개성을 위한 보다 분명한 표시일 수도 있다.

수필가 김덕조는 나름의 문신을 '울긋불긋한 토함산'(「약속」 부분)에서도 본다.

> 하얀 돌로 다듬은 애틋한 상봉의 장면을 바라보는 것만으로도 가슴아리다.
> 경주의 가을 산은 단풍으로 아름다운 마무리를 하고 있었다.
> 가을은 약속의 계절이다. 다시 만난다는 그 약속을 믿는 때문이다.
>
> – 「약속」 결미

경주 불국사를 배경으로 한 이 작품은 아사달과 아사녀의 슬픈 설화를 배후에 깔고 있다. 그 아프고 슬픈 전설은 수필가 김덕조의 작품에 의하여 재생산되는 아픔의 미학을 갖는다. 이처럼 수필가는 지나간 이야기를 새롭게 조명하고 새롭게 엮어내는 노력을 갖는다. 그러한 노력으로 수필은 더욱 빛나는 채색으로 윤기를 띈다.

수필을 굳이 어떤 효용성과 결부시키지 않아도 수필은 인간의 삶을 윤택하게 하고 새롭게 하는 역할을 한다. 그런 장면은 수필집 『비 꽃을 보다』의 여기저기 나타난다. 수필을 읽는 맛 또한 그런 새 인식을 읽는 일이다.

> 삼베는 막걸리와 잘 어울릴 것 같다.
>
> –「삼베적삼」 부분
>
> 저녁밥 먹을 동안 잠시 빨랫줄에 널어둔다. 저녁이슬을 맞은 빨래는 한풀 꺾여 부드럽고 나긋나긋해져서 다림질을 할 때도 손쉽게 주름살이 펴진다.
>
> – 상동

참신한 감각이다. 이와 같은 대목을 읽으면서 「나무에 기대어」를 생각한다. 그 한 구절을 옮겨본다.

> 사랑할 때는 오직 사랑만 눈에 보인다. 목구멍이 다 보이도록 하품을 해도 매력으로 보일 때는 사랑할 때다. 세상에서 나만 사랑할 것이라 착각할 때는 눈에 뭔가 씌였다 할 때다. 남녀간의 사랑도 감정의 한 부분인데 변할 수 있다는 것을 예견했어야 했다. 사랑이 무디어져 관심까지 식을 즈음에는 전부가 못마땅하고 미운 것만 보인다.
>
> –「나무에 기대어」 부분

사랑에 대한 무슨 철학적인 혹은 윤리적인 구절을 읽지 않아도 위 한 구절이 사랑학 개념을 명료하게 보여준다. 수필 속에는 이처럼 많은 서적을 축약하는 힘이 있다. 수필가 김덕조의 사랑학 개념을 읽음으로써 남녀 간의 사랑에 깃든 의미를 능히 파악할 수 있음에 관심을 기울여볼 일이다.

그런 점 수필은 일종의 의미 있는 예언서다.